Reiner A. Hampusch, geboren 1949 in Leipzig, aufgewachsen in Berlin, inmitten schöngeistiger Literatur und Kunst, frei erzogen (von seinen Eltern) entdeckte er als Kind zuerst die Welt der Märchen, Sagen und fantastischen Geschichten. Die Schule musste überstanden werden, und auch die Lehre zum Tischler.

Nach einem Abendstudium der Malerei an der Kunsthochschule Weissensee in Berlin, entschloss er sich dann doch Werbekaufmann (Ökonom) zu werden. Nebenberuflich fotografierte, malte und schrieb R.H., doch literarisch blieben immer nur Fragmente liegen (1972 – 1975, Gedichte, Fragmente SiFi-Geschichten). Erst 2014 verfasste er seinen ersten Fantasieroman, "Nacht über Ralli", den er kurzfristig als e-book veröffentlichte. Da ihm aber diese Ausgabe nicht gefiel, nahm er sie wieder aus dem Angebot.

Dafür erschienen in kurzer Folge vier Liebesromane: "Grüne Augen", 4 Romane in einem Buch: Clarisse, Clarisse 2, Therese, Anne, "Marga", "Berlin, Venedig und anderswo" und "Rheinsberg und anderswo", alles kostenlose e-books. Es waren (Originalton), sozusagen "Fingerübungen". Mit der dreiteiligen Krimireihe "Mellerts Fälle", die zwischen 2018 und 2020 entstanden, "Der Tote von Neuendorf", "Paradis perdu" und "Der weiße Wal" begab sich R.H. in das Metier des Krimischreibers; der Leser erlebt die Entwicklung der Ermittlungsarbeit der Kriminalpolizei in den Zwanziger, Dreißiger und End-Vierziger Jahren in Berlin und Preußen.

Mit diesem Roman kehrt R. A. Hampusch zurück zu den Wurzeln, der Fantasie.

Bisher über BoD erschienen:

DIE NEUE KAISERIN, Drakenland 4
DRAKENLAND Die neue Kaiserin, Teil 1 DER FEIND
DRAKENLAND, Die neue Kaiserin, Teil 2, KRIEG

In Vorbereitung

DRAKENLAND, Die neue Kaiserin ,Teil 3, TABUBRUCH
DER PREIS DER MACHT, Drakenland 5
NACHT ÜBER RALLI, Drakenland 1

Reiner A. Hampusch

DRAKENLAND

Die neue Kaiserin
Teil 2 KRIEG

Die Geadir-Saga
Episode 4

Fantastischer Roman

Bibliografische Information der Deutschen Nationalbibliothek:
Die Deutsche Nationalbibliothek verzeichnet diese Publikation in der
Deutschen Nationalbibliografie; detaillierte bibliografische Daten sind im
Internet über http://dnb.dnb.de abrufbar.
© 2021-Reiner A. Hampusch
Titelbild: Hironymus Bosh, Ausschnitt aus "Einblick in die Hölle
Karten im Inhalt: Reiner A. Hampusch
Texttrenner von Gordon Johnson auf pixabay.com
Typografie: Times New Roman

Herstellung und Verlag: BoD – Books on Demand, Norderstedt
ISBN: 978-3-7557-6983-5

KARTE VON YUKOKOSHIMA

ZWEITES BUCH - KRIEG

Wer sich nicht in die Höhle des Tigers wagt,
fängt seine Jungen nicht

"Frieden und Freiheit ist nicht das, was die Leute brauchen. Es ist nicht einmal das, was sie wollen. Was die Leute brauchen und wollen, ist jemand, der ihnen sagt, was sie sollen, ist Ruhe und Ordnung, sind einfache Gesetze, schlichte Regeln. Ich sage ihnen, wer der Feind ist. Sie stürzen sich auf ihn und gehorchen mir! Das sind meine Leute und hier bin ich! Ich befreie sie vom Frieden. Ich sage ihnen, wen sie hassen sollen. Ich gebe ihren niederen Instinkten die Freiheit zu handeln; die Freiheit, zu töten, zu vernichten, was ihnen fremd ist und was sie nicht begreifen oder verstehen. Ich zeige ihnen, wie es geht, mein Sohn. Ich bin die finstere Macht hinter Dir. Und Du wirst tun, was ich wünsche."

Margorokk zu seinem Ziehsohn Margur

KEN'ICHI

Aus welcher Richtung man zum Berg "*seka!*" auch kommen mag, den "Tempel des seligen Drachen" kann man nicht übersehen. Am "See der Stille" gelegen, ragt er über *Toyogas* anmutiger Berglandschaft heraus. Vier sauber geharkte Sandwege, jeder aus einer der vier Haupthimmelsrichtungen kommend, führen auf den Hügel zum Heiligtum. An den Wegesrändern wachsen Blumen und niedrig gestutzte Sträucher, und auf dem kurzgeschnittenen Rasen stolzieren *Hidi-ko* und spreizen ihre langen bunten Schwanzfedern. Oben aber thront prächtig der golden leuchtende Tempel. Er ist nach allen Seiten hin offen. In der Mitte, unter dem elegant geschwungenen Dach, ruht "Der selige Drache", die Hauptgottheit des Tempels. Hundert Fuß ist der Drache lang, zwölf hoch. Sein Leib ist gänzlich vergoldet und strahlt in der Morgen- und Abendsonne, wie wenn er brennen würde. Versonnen blickt der Drache auf den See. Den Kopf hat er auf die rechte Vorderpranke gestützt, die linke hält den Griff seines mächtigen Katami. Die gewaltigen Flügel liegen entspannt auf dem

Rücken. Er strahlt Ruhe, Weisheit und Frieden aus. Die Verehrung des seligen Drachen geht auf die Sage von *Drac An-kogo-iti*, dem Bruder der Tenna *Un-yomo-uk* zurück. Er soll allein, ohne auch nur einen einzigen Schwerthieb getan zu haben, den furchtbaren hundertjährigen Bürgerkrieg des *Vierten Kaiserreiches* von Higashima beendet haben. Deswegen verehren die Dragune den "Seligen Drachen" als heiligen Friedensstifter. Das Schwert ist eine Reliquie. Es zu berühren bedeutet, Glück, Frieden und Wohlstand zu erlangen.

Die Mönche, allesamt ehemalige berühmte Schwertkämpfer, leben in der Nähe des Tempels in bescheidenen Hütten. Sie suchen hier Ruhe und Weisheit in der Meditation. Die Mönche beginnen ihren Tageslauf bei Sonnenaufgang mit Dankgebeten und dem Wunsch nach Frieden für Sini. Ihr Morgenmahl besteht aus ein wenig Trockenfleisch und Haferschleim. Dazu trinken sie Wasser aus dem nahebei fließenden Bergbach. Danach wendet sich jeder seiner Aufgabe zu; die einen beginnen mit der Feld- oder Gartenarbeit, andere handwerkeln, kümmern sich um die Küche oder ums Reinemachen. Den ältesten und weisesten unter ihnen fällt die Aufgabe zu, jungen Dragunen und Dragunas aus den vornehmen Familien, die Geschichte Sinis und die Weisheit des "Seligen Drachen" zu vermitteln. Wenn die Sonne Mittag erreicht hat, begeben sie sich zum Tempel, um eine Stunde zu meditieren. Erst danach essen und trinken sie wieder. Der Nachmittag ist den Studien der Geschichte Sinis gewidmet oder der Meditation bis zum Abend. Viele der Mönche schreiben Bücher; heilige Schriften oder erbauliche Geschichten. Und kurz vor Sonnenuntergang begeben sie sich zum Abendmahl, um danach, nach einem kurzen Gebet, über Nacht zu ruhen.

Eine Gruppe von jungen Dragunen hockte aufmerksam im Kreis um einen Mönch in einer einfachen dunkelblauen Robe aus grobem Gewebe. Nur die Kappe, die er lässig auf seinem Kopf trug, wies ihn als Prior des Klosters aus. Beinahe unbeweglich sprach er mit leiser, eindringlicher Stimme auf seine Schüler ein. Doch seine lebhaften, klugen Augen behielten jeden seiner Zuhörer im Blick. "Nachdem wir gestern die Geografie unserer Heimat behandelt hatten", begann er die Lektion, "wenden wir uns der jüngeren Geschichte Sinis zu. Beginnen wir damit, dass vor mehr als zweitausend Jahren unsere Vorfahren Sini eroberten. Sie kamen auf ihren Drachen geflogen oder landeten mit hunderten schnellen Galeeren und Segelschiffen, mit der Kaiserin an der Spitze, am östlichen

Gestade. Ihr folgten die zwölf hikoshi-oiyii, die ehrenwerten Gerechten, die Herren der zwölf Familien mit ihren Vasallen und all ihrem Volk." Der Weise sah seine Zuhörer an, die regelrecht an seinen Lippen hingen. Viele der jungen Dragune stammten aus diesen Familien, die viel auf ihre Ehre, die Geschichte und die Tradition ihrer Familie setzten.

Nur Ken'Ichi war nicht ganz so aufmerksam. Er beobachtete den Mönch und machte sich seine eigenen Gedanken. Der Alte musste mindesten zweihundert Sommer gesehen haben. Seine Schuppen waren schneeweiß, aus dem klugen Gesicht leuchteten die roten Augen wie Granate. Er deutete ein Lächeln an, als er fortsetzte: "Es waren nicht mehr viele und sie kamen nicht ganz freiwillig, denn sie waren gezwungen worden, die ‚Alte Welt', Higashima, zu verlassen. Gewaltige Zauberer, die die "Wächter der Sphäre" genannt werden, hatten sie aus ihrer angestammten Heimat vertrieben und ihnen bei Todesstrafe, nein, bei Androhung ihrer vollständigen Vernichtung, verboten, jemals wieder zurückzukehren." Die Zuhörer seufzten auf. "Manche meinen, es sei ein Glücksfall gewesen", fuhr der Alte fort, "Andere sind da anderer Ansicht." Ken gähnte verhalten. Das kannte er doch schon!

Der Mönch schwieg einen Moment, dachte an

die "Wiederbringer Higashimas", einem Geheimbund, der brutal vom Hikoshu-sham verfolgt wurde. Die Mitglieder des Geheimbundes, allesamt Angehörige der vornehmsten Familien, wollten Higashima zurückerobern. Er seufzte still, hoffte, dass sie nie ihr Vorhaben in die Tat umsetzen werden können. "Wie auch immer, unsere Vorväter trafen auf eine Kultur, die weit über der ihrigen stand. Die Sini, das Volk, so nannten sie sich, nahmen die Vertriebenen freundlich auf. Sie waren uns ähnlich, nur kleiner und stämmiger. Ihre Schuppenhaut war dunkel, die Zungen an der Spitze gespalten. Doch die Sini waren am Aussterben. Unsere Altvordern, damals noch recht wild und ungezügelt, beschlossen, die Sprache, Sitten und Gebräuche der Ureinwohner zu übernehmen und nannten sich von nun an die Sini-i, die starken Sini. Nur drei Generationen brauchte es, bis wir dieses schöne und fruchtbare Land von den Alt-Sini vollständig übernommen und noch reicher gemacht hatten. Nach dreihundert Jahren begruben wir den letzten wahren Sini im ‚Tempel der siebenhundert Schlangen'."

"Meister?", meldete sich schüchtern eine Draguna, ein wunderschönes Junges mit golden glänzenden Schuppen und riesengroßen, strahlenden roten Augen. "Warum wurden unsere Vorfahren aus ihrer Heimat vertrieben?"

Der Alte nickte. Er hatte die Frage erwartet, doch jedes Mal dachte er nach, wie er es den jungen Dragunen richtig erklären sollte. "Eine gute Frage, Kiku (Chrysantheme). Nun, es herrschte Krieg zwischen den Dragunen und den *saru*. Ein schrecklicher, grausamer und erbarmungsloser Krieg zwischen den Völkern Higashimas, der schon mehr als hundert Jahre tobte und kein Ende nehmen wollte. Niemand konnte oder wollte Frieden zwischen den Nationen schaffen. Das Blut floss in Strömen, die Lebewesen hungerten und Krankheiten töteten zusätzlich noch mehr Dragune und saru. Überall gab es nur noch Trümmer, zerstörte Felder und ausgewilderte Wälder. Eines Tages, bevor sich eine Schlacht zwischen den größten Armeen Higashimas anbahnte, erschienen plötzlich Zauberer zwischen den Fronten der Dragune und den saru. Sie stellten die Gegner vor die Alternative, vollständig ausgelöscht zu werden oder sich die Welt friedlich zu teilen. Man lachte sie aus. Doch niemand darf einen Magier auslachen! Sie statuierten ein Exempel! Mit einer einfachen Bewegung seiner Hand vernichtete der mächtigste der Zauberer, er nannte sich Broont, zwei ganze Hundertschaften der gegnerischen

Parteien. Da wurden die Vorfahren nachdenklich. Widerwillig setzten sie sich mit den saru zusammen. Lange wurde verhandelt und als ihnen die Magier Sini als neue Heimat vorschlugen oder eher zuwiesen, fügten sie sich, wenn auch widerwillig, drein. Denn nicht nur die Drohung der Zauberer ließ sie die Alternative bedenken, sondern auch die hohen Verluste, die sie in den schrecklichen Kämpfen erlitten hatten. Letztlich stimmte die Kaiserin der Dragune zu. Doch nicht alle Familien waren einverstanden. Und so kam es, dass von den vierundzwanzig führenden Familien nur noch zwölf mit ihren Anhängern, Dienern, ihrem Volk und Sklaven Sini erreichten."

"Und die anderen, Meister?", fragte Ken, nun neugierig geworden..

Schwerfällig erhob sich der Alte. "Folgt mir."

Draußen vor dem Haus des Weisen erhob sich mitten im *Garten der Stille und der Einkehr* eine Stele. "Hier könnt ihr die Namen der zwölf verlorenen Familien lesen. Sie wurden für alle Zeiten verewigt, denn sie trafen eine Entscheidung, die ihnen ihre Ehre gebot. Und so halten wir sie in Ehren, damit sie nie vergessen werden."

"Was ist ihnen geschehen, Meister?"

"Die Familie und die Ehre sind das Wichtigste

in unserer Gesellschaft. Einige Familien wollten Higashima nicht verlassen und begingen Selbstmord."

Das fand Ken richtig. Auch sein hoher Vater bestand immer wieder auf die Ehre. "Ein Fürst muss immer die Ehre der Familie im Auge haben", verkündete er.

"Alle?", flüsterte Mikoyi, ein kleiner, dicklicher Dragun. Mit großen, erschrockenen Augen sah er den Meister an.

"Alle. Herr, Frauen, Kinder, Diener. Und alle Sklaven."

"Und das Volk?"

"Manche töteten sich selbst, aus Scham, andere kamen nach und siedeln seitdem in Sini. Es sind die Verachteten. Ihr kennt sie. Zum Zeichen ihrer Schande tragen noch heute viele ihrer Nachkommen das rote Stirnband mit dem Schandezeichen ,Shoke'." Der Alte schüttelte den Kopf, als verstände er die Welt nicht, denn er war der Meinung, dass man die Urururenkel nicht für die Taten der Vorfahren verurteilen dürfe. Er verneigte sich tief vor der Stele und ging zurück zu seinem Platz. Schweigend und nachdenklich folgten ihm die jungen Dragune.

Als alle wieder Platz genommen hatten, sah der Meister jeden einzelnen seiner Schüler an. "Was lernt ihr daraus?"

In der hinteren Reihe meldete sich schüchtern eine Draguna.

"Ja, Tomoko?"

"Dass immer Frieden herrschen möge, Meister?"

"Richtig." Er lächelte breit. "Mir scheint, man ruft Dich nicht umsonst ‚Kind der Weisheit‘, mein Kind." Tomoko erblaute am ganzen Körper vor Stolz. "Unser ganzer Wohlstand, unsere Kultur, unser Wissen gründen sich auf hunderte Jahre Frieden. Denn es war nicht immer so, das Frieden herrschte, zwischen den Familien. Ein winzig kleiner Anlass genügte, dass die Fürsten ihre Truppen aufmarschieren ließen und sich die Kontrahenten bis aufs Blut bekämpften. Das Ergebnis war sinnloser Tod, Zerstörung und Rückfall in die Barbarei. Deshalb brauchen wir einen starken, mächtigen Hikoshu-sham. Seit *Sayoko*, dem sechsundachtzigsten Hikoshu-sham, herrscht Frieden in Sini und mögen die Götter uns beistehen, wenn es jemals wieder zu einem Krieg kommt." Der Alte erhob sich. "Schluss für heute. Ihr wisst, was ihr zu tun habt." Die jungen verneigten sich tief, wie es üblich war, und warteten, bis der Mönch den Platz verlassen hatte.

"Und ich sage euch, wir müssen bereit sein." Ken'ichi faltete die Arme über die Brust. Der Sohn und Erbe des Hauses Kasumi sah sich um.

"Wer den Frieden will, muss gewappnet sein."

"Dann solltest Du bald nach Hause zurückkehren und Dein Schwert schärfen." Der Mönch war plötzlich wieder zurückgekommen und lehnte am Pfosten der Tür zum Schlafraum der Kinder. "Oder meinst Du nicht auch, dass es besser wäre, erst Deine Ausbildung abzuschließen?"

"Ihr habt wie immer Recht", sagte Ken'ichi. Er verneigte sich vor dem Alten und lächelte verschlagen. Und dachte gleichzeitig, dass es nur noch ein halbes Jahr war, das er hier zubringen musste. Aus dem Augenwinkel nahm er den zweifelnden Blick des Mönches wahr. Innerlich zuckte er mit den Schultern. *Es kommt schon meine Zeit.* Und er wird Recht behalten.

TAICHI

Nezimi, den Taichi am sehnsüchtigsten erwartete, war endlich zurückgekehrt. Er saß bequem im Schneidersitz unterhalb des Podiums und beobachtete stoisch den *Hikoshu-sham*. Taichi musste das Gehörte erst noch verdauen.

Hita zerstört! Bis auf den Burgturm. Hita Sabu war jetzt die Fürstin von Yukokoshima und sollte nach Somo unterwegs sein. Geflüchtet wohl, dachte der *Hikoshu-sham*, was sonst? Er konnte nicht glauben, was Nezimi ihm berichtete; die meilenbreite schwarze Spur der Zerstörung. Welcher Dämon hatte solche Kräfte? Es war kein Erdbeben gewesen und auch die Erde hatte sich nicht aufgetan. Nezimi behauptete, ein "FEIND" habe dies getan. So hatte der Truchsess der Burg, Daimio Yolo von Hita-Shiroi[1], den Verursacher genannt. Bildhaft beschrieb Nezimi die Spur der Vernichtung und hatte sogar eine Probe der schwarzen Asche mitgebracht.

Taichi drehte sich zu seinem Sekretär um, der bis dahin fleißig mitgeschrieben hatte. Der zuckte mit den Schultern und schob die Unterlippe vor.

"Soso. Nach Somo. Ist das nicht weit unten, im Süden?"

"Eher in der Mitte, Herr. Eine wichtige Hafenstadt am Westmeer."

Taichi dachte nach. Yukokoshima also. Das mächtige, starke Land der Familie Hita! Verwüstet! Jetzt verspürte er Freude. Ja, er freute sich. Endlich passiert mal etwas! Nicht irgendeine Familienfehde, die er gelangweilt beendete,

---

[1] Neu Hita

entweder durch gute Worte oder indem er mit der ‚Bruderschaft des dunklen Pfades' drohte. Langweilig! Aber nun war etwas passiert, dass seine Neugierde erweckte. Es gab einen "FEIND". Einen mächtigen. Keinen aus Sini! Das war klar. Vielleicht kam er aus Higashima? Zu abwegig! Wie sollten die Barbaren aus dem Osten … Dann doch Dämonen? Unsinn! So etwas gab es nicht, und auch keine Geister! Oder doch? Langsam zweifelte Taichi an seiner Überzeugung, dass es weder Geister noch Dämonen gibt. *Das war für Kinder und kleine Geister. Je fester sie daran glaubten, desto mehr Macht hatten die Mächtigen. Ich muss mich persönlich überzeugen, was das für einer ist! Hier ist meine Erhabenheit gefragt. Und meine Macht! Endlich kann ich sie benutzen und handeln. Vielleicht einen Krieg führen.*

"Ruft Kobishi Ashahito!" Ashahito war der zweite Befehlshaber des Heeres des Hikoshu-sham. Und während Taichi wartete, trommelte er mit den Fingern gegen den Griff seines Langschwertes. Dann kam ihm ein Einfall: "Fliegt nach Somo, Shusho-oiyii. Teilt der Dame Sabu, falls sie in Somo sein sollte, mit, dass der Hikoshu-sham sie aufzusuchen geruht." Und als Shusho, sich verneigend, auf den Weg machte, rief er ihm noch hinterher: "Sagt ihr noch, sie solle keinen Staatsakt daraus machen. Es sei privat."

Taichi grinste. Sabu soll jung und eine Schönheit sein. Er sehnte sich nach Abwechslung. Von den *pikis* (Ferkelchen) aus den Weidenrutenhäusern, geschweige denn Töchtern der Hofschranzen, hatte er genug. Er brauchte etwas Frisches! Apropos frisch. Sollte nicht Kenshooris Tochter Dame der Sonnengöttin werden oder sein? Dann heißt das ja, wenn sie nunmehr Fürstin von Yukokoshima ist - besteht ihre Familie nicht mehr! Nein, das konnte nicht sein. Oder doch? Sabu, Fürstin von Yukokoshima! Eine Fürstin hatte er noch nicht auf seinen Schoß gehabt. Hoffentlich wurde er nicht enttäuscht. Taichi lächelte still in sich hinein. Doch erst musste er persönlich – persönlich! – klären, was es mit diesem FEIND auf sich hatte. Und mit Sabu.

"Tonoo? Ihr habt mich rufen lassen?"

"Ah, Ashahito! Steht auf."

Ashahito erhob sich und sah seinen Herrn mit schräggelegtem Kopf an.

"Stellt eine Eskorte für mich zusammen. Zuverlässige und vor allem verschwiegene riyuu-oiyii."

"Bis wann, tonoo?"

"In einer Stunde fliegen wir nach Somo. Und, Ashahito, es ist eine private Sache. Ihr versteht?"

Ashahito verneigte sich leicht. Nichts deutete in seinem Gesicht oder in der Haltung darauf hin, dass er sich wunderte. Er war es gewohnt, für besondere Aufgaben oder ‚Besuche' gerufen zu werden und den *Hikoshu-sham* zu begleiten. In der letzten Zeit leider zu oft in irgendwelche dubiosen Häuser der Weidenruten. Ashahito pflegte solche Etablissements zu meiden. Er liebte seine Gattin und konnte sich nicht vorstellen, mit einer Joseyji zu kopulieren. Aber sein Herr war nun einmal der *Hikoshu-sham*. Innerlich zuckte er mit den Schultern und suchte in Gedanken die passenden Leute aus. Er fragte auch nicht, was sie in Somo zu schaffen hatten. Ihm war es egal. Er war dazu da, den Herrn zu begleiten und zu beschützen, mehr nicht.

Zwölf Drachen, alle von gleicher Größe und Farbe, mit ihren Reitern in den Farben des *Hikoshu-sham*, nicht denen der Familie Tomi, warteten seit einer halben Stunde auf Taichi. Das war typisch für ihn und so saßen sie mit dragunischer Gelassenheit auf ihren Tieren. Nur die hoch aufragenden Seidenflaggen auf den Rücken der Reiter knatterten leise im Wind. Endlich erschien der Herr. Mit großen Schritten ging er auf seinen rotgoldenen Drachen zu, sprang in den Sattel. Er sah sich um - und vermisste Ashahito.

"Wo ist …?", da kam Ashahito um die Ecke

des Stallgebäudes. "Verzeiht, Herr. Ich musste mir einen anderen Drachen aussuchen. Meiner hat eine Krankheit." Er führte hinter sich ein ebenso großes Tier, wie das des *Hikoshu-sham* – nur dunkelblau und mit zwei mächtigen Stirnhörnern -, auf die Wiese. Taichi, dessen Drache nur ein Horn hatte, nahm dies mit eifersüchtigem Stirnrunzeln zur Kenntnis.

"Fliegen wir!", befahl Taichi und klopfte seinem Drachen gegen den Hals. Drei Tage werden sie brauchen. Ashahito übernahm wie gewohnt die Führung. Ihr Kurs führte zuerst nach Süden. Tomi lag im Schutz eines dichten Küstenwaldes inmitten einer Halbinsel, die weit in das Westmeer hinausreichte. Sie besaß als einzige Verbindung zum Meer nur einen engen Kanal und zum Land eine einzige Straße. Der Hafen von Tomi war winzig und nur über den Kanal oder einen schmalen steilen Weg von der Nebenburg Tomichi aus erreichbar. Die ‚Große Flotte', Taichis Kriegsmarine aus Kriegsgaleeren, Segelschiffen und kleineren Schnellseglern, lag sicher im Norden Ryoshimas, in der Topfbucht, vertäut.

Sie passierten die Küste und überquerten die große *ahiru*-Bucht, die durch die Vulkaninsel im Westen, dem Festland und einem erloschenen

Vulkan, den die Küstenbewohner *kami-fuku*[2] nannten, gebildet wurde. Hinter dem Geistervulkan begann der Fukokanal oder die Meerenge von Fuko. Im Dunst des späten Morgens sahen sie die Vulkaninsel mit ihrem Hauptvulkan *kumokuro* (Schwarze Wolke), der dicke Asche und Lava in den Dunst ausstieß. Die Sonne ging inzwischen auf elf Uhr. Ashahito hielt in großer Höhe direkt auf den Vulkan zu. Das Meer war ruhig und von oben gesehen dunkelblau. Ein paar Fischer waren auf Fang aus. Möwen begleiteten sie und schrien neidisch, wenn der Fischer Fischabfall ins Meer warf.

Sie überflogen die raue Küste der Insel. Unter ihnen lag fruchtbares Grasland, das auf den erkalteten Lava- und Schlammströmen ausgezeichnet gedieh. Er drehte ab, um über den Fukokanal zwischen der Insel und dem Vulkan auf geradem Wege nach Fuko zu fliegen. In zwei, drei Stunden sollten sie ihr Ziel erreicht haben, um endlich dort zu rasten.

Taichi freute sich auf einen kurzen Besuch beim Fürsten Rakio Shaboke. Sie verband seit Jahren eine lose Freundschaft, die sich vor allem auf die gemeinsame Zeit im Tempel des seligen Drachen gründete. Und da sie nicht weiter als

---

[2] Geistervulkan

einen Drachentag trennte, besuchten sie sich oft gegenseitig, tranken Wein, ließen sich von edlen Joseyji unterhalten – auch durch deren Künste im Beischlaf – und übten gelegentlich an den Schwertern. Besonders politisch waren sie einer Meinung; Higashima musste in Zukunft unterworfen werden! Denn im Gegensatz zu seiner offiziellen Haltung als Hikoshu-sham war er durchaus ein Anhänger der Wiederbringer Higashimas. Das eine nutzte ihm, um seine Widersacher elegant mundtot zu machen oder beseitigen zu können, das andere, um ein Netz von Freundschaften und Abhängigkeiten zu schaffen.

Taichi runzelte die Stirn; von weitem schon erkannte Taichi, dass mit Fuko etwas nicht stimmte. Von seinem letzten Besuch noch in Erinnerung erwartete er eine lebendige Stadt inmitten grüner Felder, einer großen Burg und einen mächtigen Hafen. Seine scharfen Augen aber sahen nur eine schwarze Fläche, aus der einsam die Burg Fuko, von Stadt- und Burgmauern umrahmt, herausragte. Rauch stieg auf, doch nicht aus den Schloten der Häuser und Werkstätten, sondern zwischen grauen und schwarzen Zelten innerhalb der Stadtmauern.

"Ashahito!" Taichi bremste seinen Drachen ein wenig ab und ließ ihn parallel zu Fuko fliegen. Er zeigte auf die Stadt. "Da stimmt was nicht!" Und dann sah er den Belagerungsring. Er zog scharf nach links, bis er im Norden des Belagerungsringes ein weißes Zelt sah, auf dem die Flagge der Familien Hita und Kuta wehten. Taichi stutzte. Wo ist die Flagge von Fuko, insbesondere die der Familie Rakio? "Mir nach!", rief er seinen Leuten zu. Im Sturzflug stürzte er auf die freie Fläche zu, die um das Zelt extra für die Drachen der *riyuu-oiyii* freigehalten wurde. Er wartete nicht, bis seine Leute gefolgt waren, sondern landete so dicht wie möglich vor dem Zelt.

Dort stand Fürst Kamasu Higishi mit verschränkten Armen und wartete. Als er an den Flaggen der Begleiter erkannte, dass Taichi, als der *Hikoshu-sham*, aus dem Sattel seines Drachen sprang und mit energischen Schritten auf ihn zukam, nahm er langsam die Hände herunter.

"Was soll das?", rief Taichi von Weiten, "Wer hat Euch erlaubt …?"

Fürst Kamasu, keinesfalls eingeschüchtert, verbeugte sich leicht. "Tonoo."

"… einen Krieg zu führen?" Jetzt stand Taichi dicht vor dem Fürsten, der ihn um einen halben Kopf überragte. "Was geht hier vor, Kamasu?" Taichi machte einen langen Hals. "Wo steckt Fürst Shaboke-oiyii?"

Taichi kannte Kamasu von einigen

Inspektionen her, die er manchmal selbst durchführte, um den Sicherheitsstandard der westlichen Meeresfestungen zu überprüfen. Alles, so war er überzeugt konnte man seinen Vertrauten nicht ausschließlich überlassen. Irgendwie war der persönliche Eindruck wichtig, ganz zu schweigen von dem Druck, den er persönlich auf die Fürsten und Daimios ausüben konnte. Und er spürte mit absoluter Sicherheit, ob ihn jemand hinterging – jedenfalls glaubte er fest daran.

Die Sini waren fest davon überzeugt, dass jederzeit aus dem Westen von der Seeseite her ein Überfall erfolgen kann. Sie vermuteten am Ende des Westmeeres, dass dort die Welt zu Ende wäre oder einen Kontinent, der von Dämonen bewohnt war. Nächtige Kraken oder Kalmare mit riesigen Augen und zehn Tentakeln statt Armen, die auch noch Feuer spien. Sie versenkten die Schiffe, die zu weit ins Meer hinaus gefahren waren. Und sie fraßen Dragune. So erzählten Handelskapitäne und auch die Fischer, die sich weit in den Westen getraut hatten. Deshalb hielten sich die Sini eine starke Flotte und mächtige Küstengarnisonen. Kamasu war doppelt so alt, wie Taichi. Und egal, ob nun *Hikoshu-sham* oder Fürst über Ryoshima, er war der ältere und erfahrenere. Deshalb antwortete er gelassen: "Wir belagern Fuko." Dabei machte er eine einladende Geste zu seinem

Zelt. "Gehen wir hinein, Taichi." Er ließ bewusst die Ehrenbezeichnung *tonoo* weg, denn Taichi hatte ebenfalls jegliche Höflichkeitsform unterlassen. "Nehmen wir einen Imbiss und ich werde Euch alles erklären."

Zuerst wollte Taichi auffahren und ablehnen, denn die Gelassenheit des Fürsten machte ihn wütend, doch dann beruhigte er sich schnell. Sie hatten eh die Absicht gehabt, in Fuko zu rasten. Was sollte er sich mit einen Provinzfürsten streiten? Ihre Drachen brauchten Erholung und er und seine Leute ein bequemes Nachtlager und ein ordentliches Abendmahl. Außerdem wollte er unbedingt wissen, was hier los war und wo Fürst Shaboke steckte oder was mit ihm geschehen war. Es konnte doch nicht sein, dass er sich Fuko, von wem auch immer, hatte abnehmen lassen! Nicht Shaboke! Oder?

Das Nachtlager wird er bekommen, notfalls mussten halt einige von Kamasus Leuten und er selbst draußen schlafen. Und was das Abendmahl betraf, war er gespannt, was man bei einer Belagerung so aß. "Gut denn, Higishi, gehen wir." Er ließ dem Fürsten den Vortritt und folgte ihm ins Zelt. "Da bin ich aber gespannt", sagte er noch drohend, bevor sich die Zeltklappe hinter ihm schloss.

Diese Geizvettel Higishi, dachte Taichi, als er erwachte und das Licht des frühen Morgens seinen Augen und seinem Kopf Schmerzen bereitete. Schuld war der billigste Wein unter Sinis Himmel! Mühsam richtete er sich auf und sah sich um. Ah ja, er befand sich in Kamasus Zelt. Natürlich hatte der Heerführer ihm, dem *Hikoshu-sham*, sein Zelt überlassen. "Riu!" Der Soldat, der vor der Tür geschlafen hatte, stürmte herein. "Herr?"

"Hilf mir beim Waschen, und die Rüstung anzulegen."

"Sofort, Herr." Weg war er, um wenig später mit einem Krug Wasser zurück zu sein. Während sich Taichi wusch und dann die Rüstung anlegen ließ, dachte er über das Gehörte vom Vorabend nach; Kamasu schwieg zuerst trotzig und Taichi wartete. Nach dem zweiten Glas Wein schlug Kamasu vor: "Vielleicht gehen wir doch besser nach draußen und sehen uns die Stellungen an."

Er unterrichtete Taichi, was Heerführer Yukomi befohlen, was er von ihm erfahren, was er selbst unterwegs gesehen und bisher getan hatte. Über das Schicksal Shabokes wusste er nichts, nahm aber an, dass der Fürst im Kampf um Fuko ehrenvoll gefallen war. Da waren sie inzwischen auf Bogenschussweite an die Mauern Fukos herangekommen. Taichi schwieg einen

Moment, zu Ehren seines Freundes, dann zuckte er mit den Schultern. *Karma*, dachte er. *Möge Shaboke bald vom Rad des Lebens zurück auf die Welt entlassen werden.*

"Vorsicht, Taichi. Der Feind schießt sofort wenn wir ihm zu nahekommen." Und tatsächlich kamen einige Pfeile geflogen, die jedoch weit genug entfernt zu Boden fielen. Kamasu zeigte dem *Hikoshu-sham* die Stellungen. Sie waren geschickt angelegt. Teilweise dermaßen, dass man sie nachts schnell dicht an die Mauer vorschieben konnte. Kamasu ließ sich Pferde geben – Taichi liebte *diese* Tiere mehr als die Drachen – und dann ritten sie um die halbe Stadt, dem was davon übrig war, nach Süden. Mit zusammengekniffenen Augen und Lippen betrachtete Taichi die Mauern der Stadt, die höher waren, den Turm des Präfekten und den Burgturm der Stadt. Dunkle Figuren standen hinter den Zinnen und auf den Türmen und beobachteten die Kavalkade der Herren. *Soso. Da hatte Shaboke sich die Stadt abnehmen lassen. Von einem, den die Leute hier FEIND nennen!*

Sie erreichten den Streifen des toten Landes, den das feindliche Heer hinterlassen hatte. Taichi schüttelte fassungslos den Kopf. Wer oder was war der FEIND, dass er solch eine Zerstörung anrichten konnte, und wie mächtig!?

Er erhielt bestätigt, dass Sabu nunmehr die Fürstin von Yukokoshima sei, und Hita sowie ein meilenbreiter Landstrich von dort bis nach Somo ebenso vernichtet worden war oder sein sollte, wie bei Fuko.

Sie gingen ein Stück an den Belagerungsanlagen vorbei. Kamasu hatte Faschinen und Zäune aufstellen lassen, durch deren enge Gassen der Feind hindurch musste, wenn er auszubrechen versuchte.

„Und wenn Ihr einen Angriff vornehmt?"

„Dann machen wir das in der Nacht. Meine Leute haben es in völliger Dunkelheit trainiert." Pfeifend sauste ein großer Trümmerstein über sie hinweg und schlug mehrere Schritte entfernt in den Boden. Taichi hatte den Kopf eingezogen, nur Kamasu hatte den Flug des Steines gelassen beobachtet. „Gehen wir weiter, tonoo."

Ein wenig hinter den Linien zeigte Kamasu auf zwei Gefangene, die mehr tot als lebendig an Pfählen gebunden waren. Taichi trat näher heran und musterte sie. *Was für Scheußlichkeiten! Das waren weder Dragune noch sarus!* Das, was er sah, war etwas völlig Unmögliches. Erst glaubte Taichi, dass die Gefangenen infolge der Folter so verunstaltet waren. *Welche Foltermethoden kennen Kamasus Leute denn?*, dachte er zuerst. Doch Kamasu versicherte ihm glaubhaft, dass diese Kreaturen bei der Gefangennahme schon so ausgesehen hatten.

"Sprechen sie unsere Sprache?", flüsterte Taichi.

"Nein. Sie geben solch ein Bellen von sich, das eher klingt, wie Barrbarr."

Taichi betrachtete den rechten der gefesselten Wesen genauer.

"Na?", fragte Taichi schadenfroh, "Willst Du nach Hause, ja?"

Die Scheußlichkeit blickte ihn giftig an. Dann zerrte es an seinen Fesseln und spie dabei unverständliche Worte aus seinem Maul? Taichi blickte ebenso giftig zurück, zog sein Kurzschwert und hielt es der Kreatur an die Kehle.

"Seht, Herr", sprach Kamasu und lenkte Taichi vom Gefangenen ab. "Dies sind ihre Waffen. Und hier, die Rüstung". Mit spitzen Fingern, als könnte er sich beschmutzen, hob Taichi ein langes Eisenstück an. Es hatte grob die Form eines Schwertes, gerade, lang und breit. Vorn erkannte er eine Spitze, scharf und gefährlich. Die Schneide war ebenfalls scharf, doch das Eisen war grob zurechtgeschmiedet. Es schien dem Schmied nicht darauf angekommen zu sein, ein schönes, elegantes, sondern ein schnell herzustellendes Tötungswerkzeug zu erschaffen. Der Griff war mit schlichtem Seil umwickelt, einfach, ohne jeden Schmuck. Nicht einmal die einfachsten Bauern in Sini besaßen solch eine primitive Waffe. Aber sie schien ihren Zweck zu erfüllen – oder erfüllt zu haben. Wenn er genauer hinsah, glaubte er, Blutflecken auf der Klinge zu erkennen. Er probierte sie aus und staunte; Trotz ihrer primitiven Ausführung war die Waffe leicht zu händeln und ausgewogen. Ein geschickter Schwertkämpfer konnte sie genauso gebrauchen, wie eines seiner sehr eleganten und sündhaft teuren Schwerter. Er hob mit zwei Fingern einen Harnisch in die Höhe. Das Rüstungsteil war aus schwarzgefärbtem, hartem Leder gefertigt. Platten aus Eisen sollten die Schutzwirkung erhöhen. Doch konnte Taichi nicht erkennen, wogegen sie schützen sollten, denn sie befanden sich an den unterschiedlichsten Stellen, nur nicht dort, wo sie nach seiner Meinung hingehörten.

Er wandte sich wieder den Gefangenen zu. Angeekelt doch interessiert sah er sich jedes Detail dieser Wesen an. Sie sahen aus, wie eine Mischung aus einem *saru* und einem Dragun, waren aber mindestens ein bis anderthalb Köpfe größer und muskulöser. Die Haut war grau und runzlig, die beinahe haarlosen Köpfe an denen zwei winzige Ohren schief wuchsen, merkwürdig rund, die Stirnen flach. Unter den weit vorstehenden Augenwülsten stachen die gelben Augen besonders hervor. Dem einen fehlte die Nase, nur zwei Löcher, aus denen der Rotz träufelte, ersetzten dieses Organ. Bei dem anderen war mit Ach und Krach zu erkennen, dass er eine Nase besaß. Das Maul stand wie bei Dragunen etwas vor, die Lippen schmal, rissig, fast schwarz. Und dahinter lag das Gebiss mit unregelmäßigen gelbgrauen, spitzen und schrägstehenden Zähnen. Und das alles saß halslos auf breiten, muskulösen Schultern. Die breite Brust ließ auf gute Läufer schließen, die stundenlang gehen oder laufen konnten. Das erkannte er, als er die Beine betrachtete: kompakt und muskulös. Die Wesen waren nackt. Sicher hatten Kamasus Dragune die Gefangenen entkleidet.

"Ward Ihr das, Kamasu?", fragte er und zeigte auf die Mitte der Kreaturen. Doch der schüttelte empört den Kopf. Die Kreaturen waren also geschlechtslos! *Arme Tiere*, dachte er schadenfroh. *Nicht mal ein Weibchen dürfen sie begatten.* Und zu guter Letzt stanken die Wesen nach Leiche! *Es genügt!* Er wandte sich angewidert ab. Und das sollte der FEIND sein? Er fragte Kamasu.

"Das sind nur Krieger, tonoo, mehr nicht. Einfache, gefährliche Krieger, mein Fürst. Sie kämpfen wie – wie – rasend. Sie hören erst auf, wenn ihnen der Kopf abgeschlagen wurde oder Drachenfeuer sie verbrennt. Manche haben auch Pferde, die am Widerrist sieben bis acht Fuß hoch sein sollen! Bissig sollen sie sein und alles niedertrampeln, was unter ihre Hufe kommt."

"Und woher wisst ihr das? Haben sie einen Ausfall gewagt?"

"Nein. Wir haben einen Überlebenden gefunden. Einen Einzigen unter tausenden von Toten. Er konnte sich im Wald verstecken und hatte den Überfall auf sein Dorf beobachtet." Und so kam es, das Froli, der Bauer, der seine Familie und seine Heimat verloren hatte, dem *Hikoshusham* berichten konnte, was er erlebt und gesehen hatte.

Taichi hörte aufmerksam zu. Er stellte Zwischenfragen, manchmal war ihm, als wenn der Bauer übertrieb. *Angst hat große Augen*, dachte er. Doch dann erkannte er, dass Froli keine Angst mehr hatte – nur Trauer und Wut. "Was willst du tun?"

"Ich werde Rache nehmen, Herr."

SABU

Eine Ehrenformation war angetreten. Trotz der düsteren Stimmung, die über dem Land lag, kam etwas wie Feierlichkeit in Sabu auf. Als kleine Draguna durfte sie zugegen sein, wenn ihr hoher Vater von seinen Inspektionen oder Reisen ins Land zurückkehrte. Immer hatte sie sich darauf gefreut; dann trat die Garde des Fürsten an. In prächtigen Rüstungen aus rotem Leder und wie Gold glänzenden Messingbeschlägen. Nun, die Garde gab es nicht mehr. Und Vater nicht. Sabu atmete tief durch.

Yukomi hatte wohl die Besten der Besten ausgewählt. Die Rüstungen waren geputzt, die Schwerter, die sie präsentierten, glänzten in der Sonne. Um den freien Platz vor der Burg, auf denen sonst die Drachenreiter landeten, warteten Yukokoshimas Krieger auf ihre Fürstin. Die Flaggen der südlichen Provinzen, der Fürsten Maki und Lokimou wehten über den Köpfen. In der Mitte die weiße Flagge Somos mit der goldenen Adlerfeder. Rechts die Fahnen der mittleren Provinzen der Fürsten Wakimo, Dakimoshi und Ruuyiko. Sogar die Fahne Fukos flatterte im Wind, unter der sich zwanzig Krieger versammelt hatten. Nur der Norden fehlte. Er war in Alarmbereitschaft versetzt und sollte weiteren Übergriffen des FEINDES aus Fuko begegnen. Yukomi stand wie ein einsamer Fels in der Mitte der L-förmigen Aufstellung und erwartete seine Fürstin.

Sie ging jetzt an der Front der Soldaten, Ritter und riyuu-oiyii auf ihren Drachen vorbei und versuchte so viel, wie möglich mit den Augen zu erfassen. "Hiiiita!", riefen die Krieger. Und wenn sie an ihnen vorbeikam, schlugen die Krieger ihre Fäuste gegen die linke Brust, mit Stolz und einem Lächeln, dass die schneeweißen Zähne glänzten, wie ihre Schwerter. Früher, zu Zeiten ihres Vaters, knieten die Krieger am Boden und verbeugten sich tief. Doch Yukomi hatte Sabus Befehl durchgesetzt. Sabus Herz schlug, wie ein Schmiedehammer und kaum noch konnte sie laufen, so zitterten ihr die Knie. Noch nie hatte sie eine solch gewaltige Zurschaustellung kriegerischer Macht erlebt. Dabei war das nur ein kleiner Teil dessen, was draußen um das Lager des FEINDES versammelt war und es belagerte.

Sabu selbst sah nicht weniger kriegerisch aus; und gleichzeitig feierlicher, denn Lubomir hatte seine Zauberkräfte genutzt.

Bevor sie von ihrem letzten Lager nach Somo abflogen, verbeugte sich Lubomir vor Sabu und lächelte geheimnisvoll. "Fürstin. Wartet bitte noch einen Moment. Und schließt die Augen." Sabu war so überrumpelt, dass sie es tat. Irgendetwas zog und zupfte an ihr, doch sie hielt tapfer stand und die Augen geschlossen.

"Jetzt." Und als sie sie vorsichtig öffnete, sah sie erstaunte Gesichter.

"Eine Göttin," flüsterte Ken'ichi. Hoboke stand mit offenem Mund da, wogegen Kamino den Kopf schüttelte, als könne er es nicht glauben; Sie sah an sich herunter. Lubomir hatte ihr eine goldene Rüstung gezaubert. Der Helm war leicht und das Visier war, wenn es heruntergeklappt wurde, ein Drachengesicht. Harnisch und Armschienen blitzten golden und waren reich verziert, der Gürtel leuchtete in purpurrot, welcher die schönen schwarz-weißen Griffe ihrer Schwerter betonte. Auch die Beinschienen, die Handschuhe und die Sandalen schienen wie aus purem Gold. Und als Krönung waren auf ihrem Rücken zwei prächtige, strahlendweiße Schwanenflügel angebracht.

Sabu kam die Situation surreal vor. Ihr war, als würde sie neben sich stehen und gleichzeitig schweben. Sie fühlte sich leicht und schwer zugleich und falsch am Platz, denn all diese Ehren gebührten nicht ihr, sondern ihrem Vater. Aber sie war hier! Keine Frage, sie wird ihrer Familie alle Ehre machen!

Einen halben Schritt hinter ihr marschierte Kamino mit stolz geschwellter Brust. Gleich einen Schritt schräg dahinter Lubomir und Naeg in dunkelblauen Roben mit silbernen Borten. Sie hatten die Kapuzen über den Kopf gezogen, die ihre Gesichter verdeckten. Dann folgte Ken'ichi, dem Lubomir ebenfalls eine prächtige Rüstung in Silber ,gespendet' hatte, genauso wie Hoboke und Mosaru. Sie passierten die L-förmige Formation der Ehrengarde und standen bald vor Yukomi.

"Ich danke Euch, Yukomi."

Der Heerführer verbeugte sich elegant und flüsterte: "Meine Fürstin." Dann straffte er sich, schlug die rechte Faust vor die Brust: "Meine Fürstin, Euer Heer steht bereit, unsere Heimat zu verteidigen, sie zurückzuerobern und Rache zu nehmen!" Yukomi riss sein Katami aus der Scheide, hob es hoch und rief: "Hita!" Und aus tausend Mündern antwortete es dreimal "Hiitaa, Hiitaa, Hiiita!"

In Sabus Kopf begann es zu summen, ihr schwindelte. Yukomi winkte und ein prächtig gerüsteter Dragun, noch einen halben Kopf größer als der Heerführer, trat hinzu.

"Ich darf Euch vorstellen: Fürst Kukou Hagoshi von Somo."

Fürst Hagoshi verneigte sich leicht vor Sabu. "Herrin." Er war etwa siebzig Jahre alt, wie Yukomi, also im besten Alter. Sein Blick war kalt, obwohl er so etwas, wie ein Lächeln versuchte. Die Hände hielten locker die Griffe seiner Schwerter. "Ich kannte Euren Vater. Ein großer Krieger." Seine Stimme war hart und klang befehlsgewohnt. Es war oftmals die Rede vom Fürsten von Somo gewesen. Doch nie war sie dabei gewesen, wenn ihr Vater eine Inspektion in Somo hielt. "Danke Hagoshi-oiyii." Sie sah ihn offen an.

"Keine Ursache, Euer Gnaden." Hagoshi machte einen halben Schritt auf Sabu zu. "In unserer Situation vermisse ich den Herren sehr Eure Gnaden."

Kalt antwortete Sabu: "Auch ich vermisse meinen Vater sehr. Doch was nutzt es? Nun müsst Ihr eben mit mir vorliebnehmen."

Ein Seufzen entrang sich Hagoshi. Doch dann verneigte er sich, tiefer als vorher. "Wenn Ihr mir erlaubt, hin und wieder Eure Befehle, nun, zu interpretieren. Ich meine, die taktischen." Hagoshi versuchte ein freundliches Grinsen.

Sabu lächelte kalt. Mit ebenso kalter Stimme sagte sie: "Ich bitte darum. Was nutzen mir buckelnde Ratgeber und Ja-Sager. Ich *erwarte* von Euch, dass Ihr mir Eure Ansichten darlegt. Jedoch, begründet! Im Übrigen wendet Euch an meinen Heerführer."

Hagoshi nickte beleidigt. Doch er fasste sich. Ob es ihm nun gefiel oder nicht, vor ihm stand seine Herrin, seine Fürstin. "So sei es denn, meine Fürstin", brummte er unzufrieden und sah zu Yukomi. Der zuckte breit grinsend mit den

Schultern, so als wollte er sagen: Das habe ich dir doch gleich gesagt.

Sabu schritt die Front der Soldaten ab. Manchmal blieb sie bei einem Soldaten stehen, um nach den Namen zu fragen und ihm zu danken. Sabu wünschte ihnen Mut und Glück, denn es werden schwere Tage auf sie zukommen. Die Angesprochenen verfärbten sich vor Stolz und Freude, von ihrer Fürstin persönlich angesprochen worden zu sein. So etwas war noch nie vorgekommen. Sabu wünschte ihnen, dass sie gut kämpfen und überleben mögen.

Nach der Beschau winkte Yukomi einen Adjutanten heran. "Lasst die Truppen zu ihren Stellungen abrücken. Schnell und unauffällig. Ihr wisst schon. Und lass höchste Alarmbereitschaft ausrufen." Der Adjutant salutierte.

Indessen gingen Sabu, Yukomi und Hagoshi, umringt von der Leibgarde des Fürsten und Sabus Begleitern, zur Burg. Die Straße war gut ausgebaut und glatt gepflastert. In Abständen von zwanzig Schritten standen Stadtsoldaten. Den Straßenrand säumten jetzt die Stadtbewohner. Wenn Sabu vorüberging, verneigten sie sich tief. Keine Hurrarufe waren zu hören. Die Leute flüsterten und zeigten ehrfürchtig auf die kleine Gruppe. Nur wenige Schritte trennten sie vom Burgtor, als plötzlich eine uralte Draguna auf

Sabu zustürzte und sich vor ihr zu Boden warf. "Herrin", rief sie, und ihre Stimme klang dumpf aus dem Straßenstaub, "Rettet Ihr uns?"

Zum Erschrecken der beiden Fürsten, die ihre Schwerter gezogen hatten, beugte sich Sabu zu der Draguna herab. "Erhebt Euch, hochverehrte Greisin. Wie soll ich zu Euch sprechen, wenn ich Euch nicht in die Augen sehen kann?"

Das alte Weibchen erhob sich altersschwach und seufzend. Sabu half ihr auf die Beine, nahm es bei der Schulter und verkündete laut, damit jeder der in der Nähe war, es hören konnte: "Ich habe beim *kano* meiner Vorfahren geschworen, nicht zu ruhen, bis der FEIND vernichtet ist. Ich werde es tun! Und Ihr alle sollt mir dabei helfen. Und wenn es noch so gering ist, was ihr tun könnt und was ihr vermögt. Es wird mit Dank angenommen, denn nicht jeder ist ein Kämpfer mit Schwert und Feuer. Tut was ihr könnt und betet zu den Göttern, dass sie bei uns sein mögen und wir den Sieg über den FEIND davontragen werden!"

Da verneigte sich das Weiblein. Sie nahm Sabus Hand und küsste sie. "Danke, Euer Gnaden, danke." Und dann humpelte sie zurück, an den Straßenrand. Dort blieb sie stehen und sah ihre Leute an. "Ja, sie wird es schaffen. Ich habe es in ihr gesehen!"

Sabu sah hinterher, verneigte sich tief vor dem Volk und wünschte innerlich aus ganzem Herzen, dass ihr Versprechen wahr wird. Dann straffte sie sich, machte den ersten Schritt und ihre Hauptleute und Ritter folgten. Als sie über die Brücke gingen, die den äußeren Graben überbrückte, sagte Hagoshi: "Ich habe für Euch und Eure Leute Häuser vorbereiten lassen. Was habt Ihr mit den *sarus* vor?"

"Sie sind keine sarus oder Sklaven, Hagoshi-oiyii, sondern gehören zu meinen engsten Beratern. Bitte merk Euch das und gebt es nötigenfalls weiter. Ich erwarte, dass sie in meiner unmittelbaren Nähe verbleiben."

"Es soll geschehen", sprach Hagoshi ungerührt. "Wenn Ihr wünscht, werden sie auch in eurem Haus wohnen?"

"Das entspricht genau meinem Wunsch."

"Gestattet, dass ich Euch zu Eurem Haus begleite." Sie passierten das große östliche Tor, am Wachhaus vorbei und betraten einen Weg aus schneeweißem Kies. Links reckte sich eine hohe Steinmauer in die Höhe, rechts befand sich das prächtig geschmückte Tor zum *Palast der Sonne*. Hier hielten riesige Dragune Wache, die grimmige Drachenmasken trugen. Das Tor selbst war mit Drachen- und Sonnensymbolen geschmückt. Die Torflügel öffneten sich.

Was sie sah, versetzte Sabu einen Stich ins Herz. Wenn auch etwas kleiner, so war doch der *Palast der Sonne* so prächtig, wie der, der in Hita gewesen war. "Herrin?", fragte Hagoshi. "Ist Euch nicht gut?"

"Doch, doch, Hagoshi-oiyii. Es ist nur die Erinnerung …"

"Verstehe."

Hagoshi erklärte Sabu den Zweck der einzelnen Gebäudeteile. Es war alles so angeordnet, wie es in Hita war. Wieder gab es Sabu einen Stich ins Herz. Sie hatte Burg Hita geliebt, die Ruhe, die Harmonie und die Klugheit der Einrichtung.

Unter ihren Füßen knirschte der geharkte Kies. Der Weg war von Strauch- und Blumenrabatten eingerahmt. Niedrige Bäume, von den Gärtnern *Buzai*- oder *Bonzaii*bäume genannt, standen auf dem kurzgeschnittenen Rasen. Und überall sah man aufmerksame Wachen umhergehen.

Hinter einer kopfhohen Hecke erwartete sie ein großer Garten und Sabus Haus. Es war einstöckig und von einer Veranda eingefasst. Die Fenster waren verglast, was Sabu zufrieden zur Kenntnis nahm, denn üblicher Weise spannte man immer noch dünne Tierhäute in die Fensterrahmen. Eine siebenstufige Treppe führte auf die Veranda.

"Gleich rechts findet Ihr das Badehaus, Herrin.

Ich habe alles vorbereiten lassen, denn ich nehme an, dass Ihr nach Eurer Reise gerne baden wollt. Euch werden zuverlässige Kammerzofen betreuen." Er wollte weitergehen, als ihm einfiel: "Ach ja, Eure Zofe Mariko wartet in Euren Gemächern."

"Danke."

"Dürfen wir uns zurückziehen, Euer Gnaden?"

"Ja. Danke Hagoshi-oiyii." Sie drehte sich zu ihrem Heerführer. "Yukomi! In zwei Stunden erwarte ich Euch und alle wichtigen Befehlshaber und Fürsten zur Lagebesprechung."

"Sehr wohl."

Hagoshi sah sich um. "Darf ich vorschlagen, dass wir die Lagebesprechung hier bei Euch im Garten abhalten? Das Wetter wird sich halten und wir haben mehr Platz als in der Burg. Ich lasse alles vorbereiten, wenn es Euch genehm ist."

"Tut das Higashi-oiyii. Ich danke Euch." Damit wandte sich Sabu zur Treppe, wo sie schon von Dienern und Zofen erwartet wurde.

Das Abendessen nach der Lagebesprechung nahmen sie in Sabus Unterkunft ein. Sie hatte sich für einen grauen Seidenkimi mit aufgestickten silbernen Pinienzapfen entschieden. An den Füßen trug sie Sandalen mit silbernen Bändern, die kreuzweise bis zum Knie gebunden waren.

Begleitet von ihren Rittern trat Sabu in den Speisesaal, in dem an einer niedrigen Tafel die Fürsten des Südens und der Mitte sowie wichtige Truppführer warteten. Sie verneigten sich tief, bis Sabu an der Stirnseite der Tafel Platz genommen hatte. Sabus Ritter blieben hinter ihr stehen, um ihr aufzuwarten. Alles entsprach dem üblichen Hofzeremoniell an einem sinischen Fürstenhof. Nur die beiden Zauberer, die rechts und links von Sabu hockten, waren neu und außergewöhnlich. Yukomi saß an der linken, Fürst Hagoshi an der rechten Tischseite.

Geräuschlos servierten Diener Schälchen mit Gebratenem, Gesottenem oder rohem Fleisch, Fisch, verschiedenen Gemüsen und duftenden Getreidebrei. Wein in teuren gläsernen Karaffen leuchtete rot und golden im Kerzenschein und in ebensolch teuren Trinkbechern.

Während die Fürsten und Offiziere noch warteten, dass die Diener mit dem Servieren fertig würden, schwiegen sie und waren gespannt, was für eine *diese* Sabu, dieses "Kind", sei. Und ob sie überhaupt in der Lage wäre, ein Land wie Yukokoshima zu führen. Ganz zu schweigen, von einem Krieg! Sie sahen eine junge Draguna, die in einem eleganten grauen Kimi an der Stirnseite auf den Fersen hockte. Sie beobachteten das Mädchen, dass bewegungslos und ohne

Gesichtsausdruck vor ihnen saß, mit gemischten Gefühlen. Auch die kostbaren Schwerter mit den seltsam gewickelten Griffen, und zweifelten, dass sie sie jemals benutzen könnte. Yukomi, der die vorhergehende Lagebesprechung mit den hohen Fürsten und Militärs geleitet hatte, grinste still in sich hinein. Sabu war als schweigsame Zuhörerin bei der Versammlung zugegen gewesen und hatte die Teilnehmer beobachtet. *Ihr werdet sehen, mit wem ihr es zu tun bekommt,* dachte er schadenfroh. Anschließend unter vier Augen charakterisierte sie jeden Teilnehmer äußerst zutreffend.

"Fürst Hagoshi ist ein sehr ernsthafter Dragun, Yukomi. Habt Ihr ihn je Lachen gesehen? Und dieser Ishi! Ein wenig, scheint mir, fehlt ihm die Ernsthaftigkeit Hagoshis. Ryioshi und Kohaku sind zu streng zu ihren Kriegern. Sie sollen stolz sein, für sie kämpfen zu dürfen und nicht Angst soll sie leiten. Achtet darauf! Und Katabe ist ein eingebildeter Gockel." Sie lachten beide lange. Dann wurde Sabu ernst. "Ich glaube aber, wenn es ernst wird, dann kann man sich auf alle verlassen." So ist es, dachte Yukomi und nickte bejaend. "Gehen wir. Lassen wir die Herren nicht warten." Sabu lächelte ihr ansteckendes Lächeln, nahm Yukomi beim Arm und zog ihn zum Abendmahl.

Da Sabu weiterhin schwieg, nachdem die Diener verschwunden waren und ihn lange ansah, setzte Yukomi an: "Meine Fürsten und Kommandeure der ruhmreichen Truppen des Hauses Hita! Ihre Erhabenheit, die Dame Hita, Fürstin von Yukokoshima und Herrin über die Familie Hita, gibt sich die Ehre, Euch zu einem Abendessen zu empfangen." Er verneigte sich nochmals tief vor Sabu, die den Gruß freundlich, aber standesgemäß weniger tief ausfallend, erwiderte.

"Meine Fürsten und Truppführer", sprach Sabu. Sie griff nach ihrem Becher. "Ich erhebe meinen Becher auf Euer Wohl." Sie machte eine Pause, während sie wartete, bis alle Anwesenden ihre Becher erhoben hatten, und setzte fort: "und auf unseren Sieg."

"Und glaubt Ihr, Sabu-oiiya", fragte Fürst Dakimoshi von Kaya, ein kleiner Lehensfürst der nördlich von Somo residierte, "dass Ihr uns zum Sieg über den FEIND führen könnt?"

Gespannt sah Yukomi Sabu an. Wie wird sie reagieren? Die Frage des Fürsten war eine Provokation. Er stellte indirekt Sabus Führungsrolle und ihren Stand als Fürstin von Yukokoshima in Frage. Und was tat Sabu?

Bedachtsam stellte sie ihren Becher wieder auf den Tisch. Sie zog die Mundwinkel nach hinten, so dass ihre spitzen, schneeweißen Zähne zu sehen waren. Ihr Lächeln sah freundlich aus, doch ihre Augen blitzten vor unterdrückter Wut. Es war das erste Mal, dass jemand ihre Position anzweifelte. In ihrer Stimme lag Gelassenheit aber auch Kälte. "Es war nicht mein Wille, Fürst Dakimoshi, es war der Wille der Götter, die mich an die Spitze dieses Kampfes gestellt haben. Und ich gedenke, sieghaft daraus hervorzugehen." Sie beugte sich aus ihrer Sitzposition vor und fixierte den Fürsten. "Meinen Weg von der Sonnenstadt über Hita bis hierher, habe ich nicht unternommen, um mich in Somo unter den Kimis meiner Fürsten zu verkriechen. Ich habe ihn unternommen, um den Ruf meiner Familie wiederherzustellen und voranzuschreiten an der Spitze meiner Krieger. Kommt mit mir, kämpft an meiner Seite, und wir werden siegen! Glaubt Ihr aber, ich sei zu schwach, weil ich eine Draguna bin, dann verkriecht Euch zu Hause. Wartet ab und seht, was der FEIND mit Euch tun wird." Sie machte einen Pause. Dann sagte sie laut: "*Ich habe* es gesehen!" Es war totenstill. Die Fürsten sahen erstaunt Sabu an, dann Fürst Dakimoshi, der sich dunkelblau verfärbte und den Kopf senkte.

Da plötzlich hob Dakimoshi sein Glas. "Gut gesprochen, meine Fürstin! Auf Hita, auf Sabu, auf unsere Fürstin! Hita, Hita, Hita!" Und die versammelten Fürsten stimmten in den Ruf ein.

NARA

Der Ring um Fuko war absolut dicht. Nicht einmal eine mosu[3] hätte durch die Reihen der Krieger des Fürsten Kamasu Higishi ungesehen durchschlüpfen können. Tagsüber war es schier unmöglich, und des Nachts beobachteten Higishis Drachenritter die Front um die Stadt. Somo schickte zwei Galeeren, die die Meerenge vor allem nach Süden abriegelten. Fukos Drachenreiter, denen Fürst Rakio Shaboke, nachdem er merkte, dass sie verloren hatten, befahl, sich zurückzuziehen und zu verstecken, bis Entsatz zu erwarten war, stellten sich seinem Heer zu Verfügung. Und als der Feind den Blockadering um den Hafen mit vier Kriegsschiffen angriff, wurden zwei davon von eben diesen Drachenreitern versenkt. Drachenfeuer ist sehr effektiv, und die zwei ryuu-ooi, die mutigsten unter den Drachenreitern des

---

[3] eine sechsbeinige Maus

Fürsten, griffen sie an. Die Drachen spien ihren brennenden Speichel auf die feindlichen Galeeren, die sofort hell aufflammten. Sie brannten noch eine halbe Stunde lichterloh und versanken mit Mann und *mosu* im Meer. Die feindlichen Krieger konnten anscheinend nicht schwimmen, denn keiner überlebte. Nur etliche der *mosu*, die nicht vom Feuer verzehrt worden waren, erreichten das rettende Ufer.

Der Fürst, der den kurzen Kampf von seinem Beobachtungsturm beobachtet hatte, drehte sich um. "Gut gemacht", bemerkte er zu Nara, dem Hauptmann der Drachenreiter.

"Am liebsten würde ich sofort die Stadt angreifen", knurrte der durch die Zähne.

"Ich auch. Doch wir haben unsere Befehle."

"Dann schickt einen Kurier, Herr. Die Stadt liegt offen vor uns. Wir müssen …"

"Was, Nara-oiyii? Was wisst Ihr mehr als der Heerführer?"

"Ich meine, wir greifen an, vernichten hier den Feind und ziehen so schnell wie möglich nach Somo."

"Nein, denn die Feinde sind deutlich im Vorteil. Mit wenigen Leuten können sie die Mauern halten, bis wir verblutet sind. Mit wieviel überlebenden Soldaten wollt Ihr nach Somo ziehen? Wie wollt Ihr der Fürstin die Verluste erklären und wer soll hier die Stellung halten?"

Nara schwieg, ballte die Fäuste und sah mit zusammengezogenen Augenwülsten auf die Mauer der Stadt. Verwandte wohnten – hatten dort in einem Stadthaus gewohnt. Jetzt sind sie sicher tot. Die Mauern bestanden aus Basalt, der so bearbeitet und gelegt war, dass in die Ritzen nicht einmal eine Messerspitze passte. Von der Mauerkrone aus beherrschten die Belagerten die Mauer selbst und das Vorfeld. Sie war spiegelglatt und stieg steil angewinkelt an – kaum zu besteigen! Wer Leitern anlegen wollte, wurde von oben getötet, wenn er nur drei Stufen genommen hatte. Die Türme waren fünfeckig. Sie deckten jeden toten Winkel ab. Vor der Mauer hatte der Feind den Wassergraben vertieft als sie sich auf die Belagerung vorbereiteten. Mit solcher Schnelligkeit, dass nur Zauberei im Spiel gewesen sein konnte. Nein, die Belagerten waren nicht faul gewesen! Sie hatten Wurfgeräte gebaut, die die Stellungen der Dragune beschossen. Die Steine fanden sie, indem sie die Kaimauern abrissen. Und immer wieder waren Tote und Verwundete zu beklagen, die von den Dreizinkigen Pfeilen der Skorpione getroffen wurden. Besonders unangenehm waren die Skorpione gegen Drachen. Nach anfänglichen Fehlschüssen waren die Besatzungen immer sicherer geworden und hatten – erst gestern – einen Drachen, mit denen sie Erkundungsflüge über die Stadt machten, am rechten Flügel verwundet. Ein eiserner Pfeil war zwischen zwei Fingern des Flügels durch die Haut gedrungen und hatte ein großes Loch gerissen. Der Drache konnte noch fliegen und rächte sich, indem er im Vorbeiflug drei feindliche Krieger griff, und sie im eigenen Lager abwarf. Zwei überlebten den Sturz und wurden gefangen genommen. Nara sah ein, dass der Fürst recht hatte. Murrend wandte er sich ab.

Der *hikoshu-sham* war begeistert und hatte persönlich am Verhör der Gefangenen teilgenommen. Das war gestern, am späten Nachmittag gewesen. Zum Ende hatten sich die Gefangenen die Zungen abgebissen. Ob infolge der schweren Folter oder freiwillig, erfuhren sie nicht mehr. Sie schrien vor Schmerzen, als ihnen die Knochen einzeln gebrochen wurden, und verdrehten hilflos die Augen, weil sie nicht ohnmächtig werden konnten. Zuletzt schlug man ihnen die Köpfe ab. Der Hikoshu hatte sich enttäuscht abgewandt und abgewinkt. Die zerbrochenen Leiber, Glieder und Köpfe zerfielen zum Erstaunen der Anwesenden einfach zu Staub.

"Habt Ihr das gewusst, Higishi?"

"Nein, tonoo. Aber wir werden es beachten und weitermelden."

Heute Morgen dann, nach einem äußerst frugalem Frühstück, hatte sich der Herr der Herren verabschiedet. Er erklärte Higishi, dass er nun nach Somo fliegen werde, um dort nach dem Rechten zu sehen. "Ihr macht das schon", hatte er jovial verkündet und Higishi auf den Rücken geschlagen, der zusammenzuckte und sich, den Göttern sei Dank, rechtzeitig daran erinnerte, dass vor ihm der *hikoshu-sham* stand. Ein anderer hätte seinen Kopf verloren. Taichi war auf seinen Drachen gestiegen und mitsamt seiner Eskorte nach Süden abgeflogen

Aus Anlass der Abreise des Herrn, speiste Higishi mit seinen Kommandeuren und Hauptleuten festlich. Leider wurde das Festessen durch die Meldung, dass zwei feindliche Galeeren die eigenen Kriegsschiffe angriffen, vorzeitig abgebrochen. Sie liefen mit etlichen anderen Kommandeuren zum Beobachtungsturm des Fürsten, um die Vorgänge auf der Meerenge zu beobachten. Als es eng wurde für die Schiffe aus Somo, gab Nara ein Zeichen, und zwei Drachen flogen auf. Die Beobachter auf dem Turm bewunderten die eleganten Flieger, die erst im Tiefflug über die zerstörte Ebene vor Fuko flogen, dann aufstiegen und sich im Sturzflug auf die feindlichen Schiffe stürzten. Lange Flammenzungen aus den Mäulern der Drachen trafen auf die Schiffe. In der gewaltigen schwarzen Rauchwolke verschwanden die Drachen, um triumphierend schreiend aus der orangerot leuchtenden Blase aus Feuer und Rauch wieder aufzutauchen, während sich die Feuerbrunst auf den Galeeren vergrößerte. Bis zum Turm hörten die Krieger die Angstschreie der Besatzungen und das siegreiche Kreischen der Drachen.

"Das waren wohl die letzten Galeeren", bemerkte Nara zufrieden, "Und interessant, dass diese Untoten Angst haben." Ob es etwas bedeutete, wusste Nara noch nicht.

Higishi runzelte die Stirn. "Sie sind nicht unbesiegbar." Er wandte sich an Admiral Jakimi. "Den Kapitänen der Kriegsschiffe scheint der Mut oder die nötige Ausbildung und Erfahrung zu fehlen", stellte er fest. "Kümmert Euch darum, Jakimi-oiyii, dass sich das ändert."

"Fürst!" Peinlich berührt salutierte Jakimi und verschwand, um den Befehl in die Tat umzusetzen und Higishi sah Nara vielsagend an.

Von unten ertönte ein Ruf. "Mein Fürst!"

Am Fuße des Turmes stand ein Kriege und winkte nach oben. Higishi sah unwirsch über die Brüstung. "Was gibt es, Soldat?"

"Der Kommandeur der Späher schickt mich, Herr. Ein Heer soll an der Grenze im Norden aufmarschiert sein."

"Ich komme!" Trotz seines Alters sprang der Fürst die steile Treppe des Turmes hinunter. "Verdammt! Das hat uns gerade noch gefehlt!", rief er seinen Begleitern zu. "Komm mit!", befahl er dem Soldaten. Eilig liefen sie zum Zelt des Fürsten, wo er bereits vom Kommandeur der Späher erwartet wurde.

Indessen wandte sich Nara an seinen Adjutanten. "Gebt Alarm für alle Drachenreiter, Shimone. Ich denke, wir werden zu tun bekommen," sagte er gelassen. Dann beobachtete er weiter, wie die Schiffe des Feindes langsam im Wasser versanken und nickte zufrieden. Wie gut, dass wir mit unseren Drachen im Vorteil sind. Noch, dachte er. "Es wird wohl bald brennen, meine Herren", sprach er zu den restlichen Kommandeuren, die noch auf dem Turm waren, "Schärfen wir unsere Schwerter."

"Einen Kampf an zwei Fronten können wir uns nicht leisten." Higishi stützte die Arme schwer auf den Kartentisch. "Bis zur Grenze sind es nur ein paar Meilen. Sollte Fürst Hikoku es wagen, über den Fluss zu setzen, haben wir keine Chance."

"Dann müssen wir Hilfe holen", schlug Oboshi Nara vor, der inzwischen zu dem Fürsten gestoßen war.

Seufzend richtete sich der Fürst auf, der bis dahin starr auf die Karte Fukos gestarrt hatte. "Und woher, edler Oboshi?"

Der zog den Kopf ein und zuckte mit den Schultern. "Ich werde mit einer kleinen Gruppe riyuu-oiyii an die Grenze fliegen, wenn Ihr erlaubt, Higishi-oiyii."

"Gut. Erkundet aus der Luft die Situation. Vielleicht könnt Ihr Kontakt mit Hikoku oder seinem Heerführer aufnehmen. Versucht alles, um einen Übertritt über die Grenze zu verhindern." Als sich Nara abwandte, sagte Higishi: "Und brecht keinen Krieg vom Zaum."

Nara salutierte, verneigte sich. "Verstehe."

Hinter ihm flatterte die Zeltbahn der Tür noch einen Moment. Alle hatten Nara hinterhergesehen und hofften, dass er dem Befehl des Fürsten auch würde nachkommen können.

"Gut", brummte Fürst Higishi. "Meine Herren, bereiten wir uns auf das Schlimmste vor."

Nara wählte aus seiner Truppe vier der größten Drachen aus. Als sie vorgeführt wurden, schüttelten sie die Köpfe und schlugen aufgeregt mit den hornbesetzten Schwänzen. Es waren allesamt Feuerspeier, wirklich gefährliche Tiere, die nicht nur brennenden Speichel ausspeien konnten, sondern auch hervorragend kämpften.

Ihre Reiter steuerten sie zwar, doch überließen sie oft den Drachen das Zepter, wenn es zum Kampf kam. Die Vernichtung der feindlichen Galeeren hatte ihm einen Eindruck von der Effizienz und der Gefährlichkeit der Drachen gegeben.

Sie mussten nicht weit fliegen. Ihr Start erfolgte parallel zum Fluss nach Osten, dann schwenkten sie ein, stiegen auf dreihundert Fuß und flogen zurück, wieder neben dem Fluss her. Aus großer Höhe sahen sie die typische Ansammlung eines Heeres neben der Straße nach Fuko. Doch schien es keine Anstalten zu machen, den Fluss, und damit die Grenze zu überschreiten. Zwischen zwei Heeresgruppen erkannte Nara einen Wagen, auf dem die Flagge Shoushimas und der Familie Hikoku wehte. Vermutlich war Hikoku Asamoto persönlich beim Heer, was den Ernst der Lage nur zu deutlich machte. Außerdem erkannte er viele Flaggen der südlichen Fürsten Shoushimas und mitten darin auch die des Fürsten Kamasuke, den er persönlich kannte. Sie waren zusammen im Tempel des seligen Drachen gewesen. Später studierten beide an der Militärakademie des Hikoshu-sham und eine tiefe Freundschaft verband die beiden Dragune. Er gab seinen Leuten ein Zeichen, abzudrehen und dicht am Ufer zu landen. Er selbst steuerte auf den Wagen des Fürsten Asamoto zu, jedoch zeigte er mit seiner Flugkurve an, dass er in Frieden käme. Dennoch stiegen aus dem Heer Asamotos Drachen auf, um Nara in Empfang zu nehmen und zum Landeplatz zu geleiten.

Asamoto erwartete Nara. Er hatte eine Prachtrüstung angelegt, in tiefem blau mit silbernen Beschlägen. Über der Schulter trug er einen ebenso tiefblauen Umhang, der im leichten Wind wehte. Neben ihm stand Kamasuke, bescheidener gerüstet, so, wie wenn man in eine Schlacht zog. Eine Ehrenformation war angetreten und salutierte Nara, nachdem er von seinem Drachen gesprungen war.

"Ukamo Nara!", Asamoto neigte leicht grüßend den Kopf. "Was verschafft uns die Ehre Eures Besuches?"

Nara war vor dem Fürsten auf ein Knie gegangen, wie es die Tradition vorschrieb. Doch sah er nur kurz Asamoto an, um dann Kamasuke länger ins Blickfeld zu nehmen.

"Fürst Asamoto." Er stand wieder auf, schlug grüßend die rechte Faust auf die Brust. "Meine Herrin, Fürstin Hita Sabu, ist in Sorge, ob Eures plötzlichen Erscheinens an ihrer Grenze."

Asamoto tat überrascht. "Ist es wahr, Kamasuke-oiyii? Sind wir so dicht an die Grenze …" Doch Nara unterbrach den Fürsten. "Verzeiht Herr Asamoto. Ich kenne Kamasuke sehr gut, und

glaube nicht, dass er sich jemals ‚verlaufen'
könnte."

Asamoto lachte laut. "Es ist gut, Nara-oiyii.
War nur ein Scherz. Bitte begleitet mich zu
meinem Zelt." Einladend zeigte Asamoto in die
angegebene Richtung, drehte sich um und ging
voran. Nara musste sich beeilen, den Anschluss zu
halten.

Asamoto verzichtete auf Formen und Gehabe.
Sein Zelt war einfach eingerichtet, woraus Nara
schloss, dass er nicht vorhatte, lange an der
Grenze zu verweilen. Ob er einen Angriff auf
Yukokoshima plant? Und wann? Morgen? In ein
paar Tagen?

"Nehmt Platz, Nara-oiyii."

Sie schwiegen, bis Asamoto mit den Schultern
zuckte. "Ich hörte, dass Yukokoshima überfallen
wurde, und dass Fuko brennt. Ihr müsst verstehen,
Nara-oiyii, dass wir uns Sorgen um unsere Grenze
gemacht hatten. Deshalb stehen wir hier. Und es
ist ein Glück, dass Ihr zu mir gekommen seid." Er
stand auf, drehte Nara den Rücken zu und sprach
zur Zeltwand: "Es ist unruhig und gefährlich
geworden in Sini. Die Herren – manche Herren –
haben vielleicht Pläne." Er drehte sich zurück, sah
Nara scharf an. "Der *hikoshu-sham* ist schwach."

Nara wusste, dass Asamoto der "Partei der
Heimhohler Higashimas" angehörte – oder

wenigsten mit ihr sympathisierte. Andere Herren wollten den *hikoshu-sham* stürzen und wieder die Herrschaft der Kaiser einführen. Was er jetzt sagte, klang eher danach, dass er ein Anhänger der Letzteren geworden war. Und in welche Richtung tendierte Sabu?

"Was ist geschehen, Nara?", wurde er in seinen Gedanken unterbrochen.

Nara befand sich in einer Zwickmühle. Er sollte einen Krieg verhindern und vielleicht gewann er einen Verbündeten? Sabu brauchte jedes Schwert. Und wenn er Asamoto verklickern konnte, ebenso bedroht zu sein, wie alle Sini, hätten sie eventuell einen Alliierten im Kampf gegen den FEIND. Also erzählte er, was er wusste. Das der FEIND bei Somo lag, und Fuko zerstört war, aber von einem Heer Sabus belagert wurde. Wie es um Hita stand, verschwieg er, denn das wusste er selbst nicht. "Wir holen uns alles wieder, Fürst Asamoto. Es hat viele Tote gegeben und die Familie Hita bis auf ihre Gnaden Hita Sabu ist quasi ausgelöscht worden - sagt man." Und da Sabu, die vierte Tochter des Fürsten von Yukokoshima, überlebt hatte, sei sie nunmehr die Fürstin des Landes. Gleichzeitig ließ er aber durchblicken, dass Yukokoshima keinesfalls geschwächt war, im Gegenteil. Er zählte die Truppen, die Anzahl der Ritter und die der

Drachenreiter auf – natürlich ein wenig übertrieben. Und er sah, dass es Eindruck auf den Fürsten machte. Nara vergaß nicht zu erwähnen, dass Fürst Kamasu Higishi das Belagerungsheer um Fuko befehligte und Yukomi immer noch Heerführer sei. Der Ruf der beiden Krieger-Dragune war legendär und bewirkte, dass Asamoto die Augenwülste hochzog.

"Ich verstehe", sagte Asamoto. "Wo ist Sabu jetzt?"

"Ich weiß nicht. Sie müsste indessen in Somo sein. Jedenfalls wurde sie jeden Tag dort erwartet", log er, denn er hatte nur Gespräche aufgeschnappt und Yukomis sorgenvollen Blick nach Norden gesehen, bevor sie nach Fuko abmarschiert waren.

"Könnt Ihr uns allen einen Gefallen tun, Nara?"

"Gerne, Herr." Nara war gespannt.

"Ich möchte Sabu treffen. Könnt Ihr mir dabei helfen?"

"Das werde ich versuchen", sagte Nara, sich verneigend.

"Dann kann ich Euch eines versprechen, Nara-oiyi" Asamoto beugte sich ein wenig vor. "Ich werde mit meinen Truppen hier warten. Fünfzehn Tage. Was danach geschieht", er hob die Schultern, "liegt in den Händen der Götter." Nara blieb das Herz stehen. Fünfzehn Tage! Viel zu kurz! "Herr, das ist zu wenig Zeit."

"Gut. Sieben Tage länger. Dann geschehe, was geschehen möge."

Das war mehr, als er erhoffen durfte. "Könnt Ihr mir ein Schriftstück von eurer Hand mitgeben?"

"Das werde ich." Und während Asamoto nach Tinte, Pergament und einem Pinsel rief, überlegte Nara, wie er die Nachricht am schnellsten nach Somo bekam. "Ich werde den schnellsten Melder nach Somo senden. Dann haben wir bald eine Antwort."

"Das kann ich doch tun, Vater." Ymomaki erhob sich von seinem Sitzkissen. Betont langsam drehte sich Asamoto um. "Das kann Dir so passen, Sohn."

"Aber -"

"Nichts aber! Ich weiß, was Dich treibt Ymomaki. Du wirst Sabu nicht bekommen! Was bildest Du Dir ein?"

"Ich habe ein Recht darauf! Denkt an den Vertrag, Vater."

"Der Vertrag ist Null und Nichtig, seitdem die Dame Sabu Fürstin von Yukokoshima ist. Glaubst Du, wir können uns mit dem Hikoshu-sham anlegen? Und nicht nur mit ihm. Wenn wir mit der Tradition brechen, stoßen wir alles, was unsere Gesellschaft zusammenhält in den Abgrund.

Schlag Dir das Mädchen aus dem Kopf und lerne endlich kämpfen."

"Ich kann kämpfen", zischte Ymomaki. "Ich kann kämpfen."

"Wir werden sehen. Und nun entferne Dich. Ich habe mit dem Botschafter Sabus noch einiges zu bereden." Er winkte mit der Hand, als wolle er ein lästiges Insekt verscheuchen.

Wütend stapfte Ymomaki aus dem Zelt. Für eine Zeit herrschte peinliches Schweigen.

"Es wird Zeit, Herr Asamoto-oiyii, dass ich Euch verlasse. Ihr erlaubt?"

"Richtig. Beeilt Euch, Nara. Die Zeit läuft unerbittlich ab."

SABU

Sabus Truppen waren des Nachts nach Norden und dann nach Osten gezogen, hatten den Somo überquert und in großem Abstand zum Lager des FEINDES Stellungen ausgebaut. In Abständen von etwa einer halben Meile errichteten sie Forts und feste Truppenlager und davor Verteidigungsanlagen mit all den Mitteln die bekannt waren, um dem Feind möglichst viel

Ungemach zu bereiten. Yukomi war es damit gelungen, den FEIND einzukesseln. Natürlich war die Front auseinandergezogen und dünn, doch hoffte er, dass er seine Männer an jede beliebige Stelle umsetzen und konzentrieren konnte, wo es nötig war. *Wir werden es trainieren!*

Aus den Nachbarländern Akaya, Nantu-Sini und sogar aus Minoru waren Botschafter in Somo eingetroffen, die sich bei Sabu nach dem Stand der Dinge zu erkundigen suchten und ein Schreiben des *hikoshu-sham*, mit dem er den Rat der Herren zum siebten shigatsu[4] nach Tomi einberief. Sie wusste, dass sie Somo zum gegenwärtigen Zeitpunkt nicht verlassen konnte. Zu groß waren noch die Probleme, mussten Pläne gemacht und vor allem der FEIND beobachtet und eingeschätzt werden. Also wird sie Kamino als Botschafter nach Tomi senden. Doch zuvor musste er in den Stand eines Daimios erhoben werden. Yukomi hatte genickt. Das war die Lösung.

Wenig später traf auch Botschafter Nezimi ein, der zu allem Überfluss die Ankunft des *hikoshu-sham* ankündigte! Das hatte Yukomi gerade noch gefehlt! Doch Sabu hatte ihn beruhigt. Keine

---

[4] vierter Monat

große Parade oder Begrüßung, hatte sie gesagt. Eine kleine Ehrengarde, die Taichi zu Sabu bringen sollte, mehr nicht. Schließlich standen sie mitten im Krieg.

Dann landete der Hikoshu-sham mit seinen Begleitern auf dem Feld vor der Burg. Yukomi empfing den Herrn der Herren mit den notwendigen Ehren, jedoch ohne den üblichen Pomp. Neben ihm standen Fürst Kukou Hagoshi von Somo nebst zwei Heerführern der südlichen Provinzen in feierlichen Rüstungen.

Yukomi begrüßte Taichi formvollendet, wie es neuerdings in Hita üblich war. Er schlug mit der Faust gegen die Brust – und schwieg. Taichi war verblüfft. Er hatte erwartet, dass der große Krieger sich vor ihm verneigte und auf die Knie fiel. Doch Yukomi ließ ihn warten. Mit unbeweglicher Miene sah er Taichi an. Da der hikoshu-sham ebenfalls schwieg, erklärte er trocken und wie nebenbei, dass die Truppen, wie eigentlich üblich, diesmal nicht vor dem Herrn der Herren paradieren würden. Sie seien infolge der Kriegsgeschehnisse unabkömmlich. Er bitte um Verzeihung.

Taichi, erst wütend, dann ungehalten über den Empfang, beruhigte sich und drückte mit zusammengebissenen Zähnen sein Verstehen aus. Und sofort erkundigte er sich nach Sabu.

"Die Fürstin erwartet Euch in der Burg, tonoo. Sie hat noch einiges vorzubereiten. Doch freut sie sich, Euer Gnaden in ihrer bescheidenen Unterkunft empfangen zu dürfen."

,Ist das so? Wieso ist dieses Weibchen nicht persönlich erschienen und hat sich vor ihm, den tonoo auf die Knie geworfen?' Taichi wollte eine entsprechende Bemerkung machen, doch dann bedachte er, dass er sich nur den Spott der Yukokoshimati zuziehen würde, wenn er auf diese Demütigung reagierte. *Na warte, Sabu! Das hast Du nicht umsonst getan!* Und genauso schnell, wie er sich aufgeregt hatte, beruhigte sich Taichi wieder. Laut verkündete er dagegen: "Fein, fein, Yukomi. Dann wollen wir uns zu der Dame begeben." Taichi beugte sich ein wenig vor und flüsterte: "Stimmt es, dass Sabu die schönste Draguna in Sini ist?"

Der Heerführer lächelte in sich hinein. "Es ist wohl so, tonoo. Ich höre es von allen Seiten."

"Und, was sagt Ihr?"

"Ich bin Militär, tonoo, und habe ein Weib, dass ich sehr liebe. Was soll ich sagen?"

"Das, was Ihr meint."

"Ja, sie ist die schönste Draguna unter der Sonne Sinis."

Taichi schnalzte mit der Zunge und beschleunigte seinen Schritt. "Dann wollen wir sie nicht warten lassen."

"Ich grüße Euch Tomi Taichi." Sabu hatte den Hikoshu-sham von der obersten Stufe der Treppe zu ihrer Unterkunft erwartet. Sabu verneigte sich, soweit es das Protokoll forderte. Als Fürstin zu Fürst genügte ihr ein leichtes Vorbeugen. Hinter ihr verneigten sich ihre Ritter nicht weniger arrogant. Wieder ärgerte sich Taichi. Und, schlimmer noch, zwei sarus standen unbeweglich rechts und links der breiten Schiebetür, in ihren dunkelblauen Roben, die Kapuzen tief in die Gesichter gezogen und die Hände in den Ärmeln versteckt! Kalt sah Sabu auf den Herrn der Herren herab. "Es tut mir leid, dass ich Euch nicht persönlich empfangen konnte, jedoch der Krieg …"

Taichi schluckte. Götter! Was für eine schöne Draguna! In diesem Moment war ihm alles egal. "Ich bitte Euch", unterbrach Taichi die Fürstin, "Sabu-oiiya!" Er machte noch drei Schritte und blieb vor ihr stehen. Innerlich platzte der hikoshu-sham vor neu aufflammender Wut, dass er zu Sabu aufsehen musste. Mit der rechten Hand gab er seiner Begleitung ein herrisches Zeichen zu verschwinden. Er riss sich zusammen. "Wir sind doch unter uns", schnurrte er. Schließlich wollte er Sabu auf den Tami bekommen und sich nicht mit ihr überwerfen.

"Dann darf ich Euch in meine Burg bitten, tonoo? Tretet näher." Sie wollte mit einer Geste den Hikoshu ins Haus leiten, doch Taichi nahm gleichzeitig zwei Stufen auf einmal und stand dicht vor ihr. Dann ergriff er ihren Arm. "Führt mich, teuerste Fürstin. Ich bin ganz der Eure", sagte er leichthin aber vernehmlich. Er hakte sich bei ihr ein. "Ich freue mich!" Sie gingen ein paar Schritte, als er stehen blieb.

"Was sind…?"

"Zwei meiner engsten Berater. Es sind Menschen-Zauberer aus Higashima, keine saru."

Taichi verfärbte sich dunkelblau. "Zauberer?", knurrte er und fixierte Sabu, "Ihr besitzt Zauberer aus Higashima? Wisst Ihr denn nicht, dass das …"

"Es ist mir bekannt", sprach Sabu eisig, "Aber der FEIND ist ein Zauberer aus Higashima, tonoo."

"Aber es …"

"Verzeiht, dass ich Euch unterbreche. In diesem Kampf steht nicht nur die Existenz des Hauses Hita auf dem Spiel, sondern ganz Sinis, tonoo!"

"Und da glaubt Ihr, dass jedes Mittel recht ist?"

"So ist es." Sabu lächelte verbindlich und hakte sich wieder bei Taichi ein. "Kommt, lasst uns das Weitere und meine Pläne im Hause besprechen.

Ich habe einen Imbiss vorbereiten lassen, tonoo."

Der hikoshu-sham seufzte. *Das ist ja ein harter Brocken, diese Sabu von Hita. Schauen wir mal, was sie noch auf Lager hat.*

"Na gut, doch sagt Taichi zu mir, seid so freundlich."

"Gerne. Taichi." Sie gingen den kurzen Flur hinunter bis zu einem Speisezimmer, in dem für die beiden Fürsten und ihre engste Begleitung gedeckt war. "Nehmt Platz, Taichi. Ich hoffe, dass es Euch munden wird. Es ist ein einfaches, militärisches Essen, wie es zurzeit bei uns üblich ist."

"Verstehe", Taichi setzte sich lächelnd.

Das Essen war wahrhaft frugal; Eine Schüssel Reis, gebratenes Fleisch und gekochtes Gemüse. Dazu einfacher Wein in Tonbechern. Natürlich wäre es ein Leichtes gewesen Lubomirs Hilfe in Anspruch zu nehmen, oder das Vorratslager ihres Gastgebers zu plündern. Doch Sabu, in dieser kurzen Zeit gereift, wie kein anderer Dragun, wollte dem Hikoshu ein Beispiel geben. Hier, wollte sie sagen, ich lebe wie meine Soldaten. Und alle um mich herum müssen auch so leben, selbst der *hikoshu-sham*. Und Taichi verstand.

Sein Verstand begriff es, sein Körper aber reagierte auf Sabus Erscheinung. Ja, sie war wirklich die schönste Draguna unter Sinis Sonne!

Wie sie auf ihrem Platz saß! Aufrecht, gar nicht geknickt, gebrochen durch ihr Schicksal. Sie trug einen einfachen grauen, leinenen Kimi. Dazu, was ihn erstaunte, die beiden offenbar kostbaren Schwerter in den schwarzen Scheiden mit den goldenen Drachen darauf. Sie waren in erster Linie Symbol ihrer Position. Aber ob sie damit auch kämpfen konnte? In Sini erwartete man vom Fürsten, dass er seine Schwerter zu benutzen wusste. Er nickte in ihre Richtung. "Ihr tragt sehr kostbare Schwerter bei Euch. Erbstücke eures hohen Vaters?"

"Nein, tonoo. Es ist das Geschenk eines Zauberers aus Higashima. Sie sollen mir helfen, den FEIND zu vernichten."

"Also sind es Zauberschwerter?"

"Sicher nicht, Taichi-oiyii." Sabu musste lachen. "Ich musste sehr lange lernen, sie gebrauchen zu können."

Taichi griff nach einem Schälchen und tat sich etwas gekochtes Getreide, Fleisch und Gemüse hinein.

"Soso, mit Schwertern umgehen könnt Ihr also auch. Ich überlege, ob ich Euch zu einer kleinen Übung herausfordere." Er grinste anzüglich. Die Vorstellung gefiel ihm. "War nur ein Spaß", lenkte er ab. "Ich habe tatsächlich Hunger, Sabu." Er kostete. "Köstlich." Und als ihn Sabu zweifelnd ansah: "Doch, doch. Es schmeckt sehr gut. Das Getreide duftet zart nach Blüten – was ist das für welches? Das Gemüse ist sanft gesüßt und das Fleisch scharf gewürzt. Ich werde Euch Euern Koch abspenstig machen."

"Mein Koch ist eine Köchin, tonoo. Meine Zofe." Auch gut, dachte Taichi. Wenn sie nur annähernd so schön ist wie Sabu, nehme ich euch alle beide. Mein Schwert ist zum Kampf bereit. Und er stellte sich vor, wie er mit Sabu und ihrer Zofe gleichzeitig … Dann riss er sich zusammen. Er wurde ernst.

"Nun gut. Bleibt zu hoffen, dass Ihr die Schwerter nicht gebrauchen müsst, schließlich besitzt ihr genügend Krieger."

"Die sich für ihre Fürstin in Stücke hacken lassen würden!", unterbrach Fürst Ishi Maki von Kajabe den tonoo. Der schnaufte durch die Nase ob des Einwurfs. Er sah Maki giftig an. Taichi mochte es nicht, von anderen belehrt zu werden. "Schon gut", er winkte ab und wandte sich wieder Sabu zu. "Und, Sabu-oiiya, erzählt. Was genau ist geschehen? Einiges habe ich in Fuko erfahren, aber ich möchte es aus Eurem Munde hören." *Der übrigens wunderschön ist.*

Wie sollte Sabu beginnen? Das Problem hatte die Fürstin die ganze Zeit beschäftigt, seit sie wusste, dass er sie aufsuchen wollte. Schließlich verschob sie es auf den Moment, an dem Taichi genau das fragen würde. Sie begann in der Sonnenstadt und beschrieb ihre Odyssee bis zu dem Moment, als sie auf dem Streifen vernichteten Landes traf. Baldur erwähnte sie nicht, und auch Lubomir und Naeg nicht. Sie sah, dass Taichi an ihren Lippen hing. Sie beschrieb den schwarzen Streifen – Taichi nickte, er hatte es auf dem Überflug gesehen – und wie sie Hita gefunden hatten. Er atmete sichtlich auf als Sabu ihm erzählte, dass sie den kano-i'iyo bergen konnte – und das erste was sie tat, nachdem sie endlich Somo erreicht hatten, war, den Seelenbehälter durch eine Priesterin der Sonnengöttin weihen zu lassen. Tomi Taichi nickte zustimmend. Gut, dass sie das getan hatte! Die Seelen der Vorfahren waren heilig und mussten besänftigt werden. Wenn er auch von den Göttern nicht viel hielt, so glaubte er doch an die Anwesenheit der Seelen der Vorfahren und an die guten und bösen kami. Er hielt sie für so real, wie die Schwerter in seinem Gürtel.

Sabu beschrieb ihm ihre Maßnahmen zur Sicherung ihrer Heimat, und er war erstaunt, mit welcher Um- und Weitsicht diese junge Draguna vorgegangen war. Erstaunlich! Ihre Verwandlung von einer Novizin der Sonnengöttin zur Fürstin eines der mächtigsten Länder Sinis faszinierte ihn.

Er lehnte sich gegen die Rückenkissen und vergaß für einen Moment, dass er der schönsten Draguna der Welt gegenübersaß, denn vor ihm saß der mächtigste oder zweitmächtigste Fürst Sinis! Eine Draguna zwar, normalerweise unbedeutend, doch diese hier, die ihre Untertanen hinter sich hatte und über eine Militärmacht verfügte, mit der er nicht im mindesten gerechnet hatte, geschweige denn, konkurrieren konnte, war ein ganz anderes Kaliber! Er musste wohl mit seinen Spionen hart ins Gericht gehen. Ein *hikoshu-sham* musste alles wissen! Erstaunlicher Kenshoori! Sabus Vater hatte sich nicht damit zufriedengegeben nur seine Söhne militärisch zu bilden, wie so oft in Sini, sondern auch seine Töchter. Gut, dass Sabu den Überfall überlebt hatte. Und wer weiß - ein Bürgerkrieg, wie vor zweihundert Jahren, wäre ausgebrochen! Ganz sicher! Und ausgerechnet in seiner Regierungszeit? Taichi hörte, was Sabu über ihre Reise nach Somo berichtete und bedachte gleichzeitig die mögliche Entwicklung in Sini. Ganz sicher glaubten einige Fürsten, dass sie ihr Einflussgebiet würden erweitern können. Ihm fielen sofort Namen ein; Asamoto von Shoushima im Norden, Mikiri von Minoru im Osten oder Kasumi Yomotabe im Süden. Dem musste er einen Riegel vorschieben. Er war der Herr der Herren und sollte für Frieden zwischen den Familien sorgen. Gleich, wenn er zurück war in Tomi, musste er sich mit seinen Beratern zusammensetzen. Momentan hatte er noch keinen Plan.

"Wollt Ihr das Heer besichtigen, Taichi-oiyii?" Sabus Frage unterbrach seine Gedanken. Richtig! Das wollte er! Sich mit eigenen Augen ein Bild von Yukokoshimas Armee machen. Vor allem vom Heer vor Somo und natürlich wollte er auch etwas vom FEIND sehen, den Sabu so blumenreich beschrieben hatte. Was sollte an dem dran sein? Irgendein Usurpator, der heimlich und ungesehen ein mächtiges und gewalttätiges Heer nach Sini geschafft hatte! Ein Zauberer? Er persönlich glaubte nicht daran! Vielleicht waren es die Dreihundertjährigen aus dem Fünf-Finger-Land. Denen würde er aber einheizen! Und wieder fielen ihm seine Spione ein. Was taten die eigentlich den ganzen Tag?

Sie kreisten über Somo. Taichi staunte über die klug angelegten Verteidigungsanlagen. Ein Frontalangriff wird einem feindlichen Heer schwer ankommen und viele, viele Verluste bedeuten. Sie flogen zuerst zur Küste. Eine Menge von Schiffen lag im Hafen und auf Reede. Große Galeeren, Kriegsschiffe, Langboote und hunderte kleine Boote. Der Hafen war schwarz von Dragunen, die emsig hin und her liefen. Drumherum standen die Zelte der Marineinfanteristen. Sie bogen nach Norden ab, überquerten das fruchtbare Land um Somo und näherten sich nach einem weiteren Bogen dem Fluss Somo. Taichi wunderte sich über das kreisrunde Lager des FEINDES und seine merkwürdige Aufteilung. Aus dem Zentrum stiegen dicke schwarze Qualm- und Rauchwolken auf. Um das Lager selbst sah er die eigenen Befestigungen und Forts, die den Umschließungsring markierten. Gut und raffiniert angelegt! Yukomi ist doch einer der größten Heerführer, erkannte Taichi neidlos an.

"Was ist das für ein Rauch?", rief er Sabu zu. Die zuckte mit den Schultern: "Ich sehe es auch zum ersten Mal, tonoo." Sie gab mit der Hand ein Zeichen. Die Drachen ihrer Eskorte schwenkten nach Süden und näherten sich aus großer Höhe dem Lager des Feindes. Sabu setzte ein Rohr ans Auge und sah hindurch. Was ist das denn? staunte der Hikoshu-sham. Und fragte danach.

"Das nennt man Fernrohr. Damit kann man über große Entfernungen sehen. Selbst kleine Details. Eine Erfindung aus Higashima", antwortete Sabu zerstreut.

Higashima? Soso! Unterhielt Sabu heimliche Beziehungen zum östlichen Nachbarn? Er würde es nicht vergessen, danach zu fragen. "Was seht ihr, durch dieses Rohr?"

"Seltsames geht dort vor. Ein riesiges Loch im Boden, aus dem Feuer und Rauch quellen. Und es sind merkwürdige Bewegung drinnen und drumherum zu erkennen."

Verdammt, er musste solch ein Fernrohr haben! Sie näherten sich dem Lager. Unten liefen Krieger zusammen und konzentrierten sich auf ein paar schwarze, kistenähnliche Geräte. Plötzlich schossen Blitze auf sie zu. Sie trafen zwei Eskortdrachen an der rechten Seite, die brüllend und aufflammend mit ihren Reitern abstürzten. "Zurück, sofort zurück!", rief Yukomi, der sie begleitet hatte. Wieder eine neue Erfindung des Zauberers! Die Drachen reagierten gewohnt schnell. Sie bogen scharf nach Westen ab und versuchten so steil wie möglich zu sinken, um Geschwindigkeit aufzunehmen. Noch drei Blitze zuckten auf, richteten jedoch keinen Schaden an. Ein Donner, wie bei einem Gewitter, grollte noch lange hinter ihnen her.

"Wir kehren um!", befahl Sabu, die eine einfache Rüstung aus Leder, Bambus und Bronzeplatten trug. Trotz der Gefahr, in der sie sich befanden, reagierte sie gelassen und genau richtig.

Taichi drehte sich im Sattel um, um einen Blick

zurückzuwerfen. Ein eiskalter Schauer glitt über seinen Rücken, die Schuppen stellten sich auf; Über dem rauchenden Loch erschien wabernd eine riesige Figur. Sie formierte sich zu einem *saru*, in einer schwarzen Robe, aus deren Kapuze zwei grellblaue Augen blitzten. Ein schauerliches Lachen erklang. Automatisch trat Taichi seinem Drachen in die Seite, der daraufhin beschleunigte und die Spitze der kleinen Kavalkade übernahm.

Taichi hatte Zeit und Gelegenheit gehabt, die Fürstin und ihre Umgebung zu beobachten. Sabu verhielt sich anders als all die Fürsten, die er kannte. Sie war bestimmend, gut, doch außerordentlich höflich und von guter Haltung dabei. Ihre Soldaten begegneten ihr mit Respekt, in dem etwas, wie Liebe mitschwang. Sie fielen nicht vor ihr auf die Knie, oder warfen sich auf den Boden! Nein, sie blieben stehen, stolz aufgerichtet, die Faust zum Gruße auf die rechte Brust gelegt und sahen der Fürstin in die Augen! In die Augen! Ja, glaubt man das denn?! Und was sie auch sagte, bat oder befahl, die Kerle rannten, als wäre es ihre Idee gewesen oder ihr sehnlichster Wunsch. Was machte dieses Weib aus gestandenen Dragunen? Noch bessere Krieger? Er sollte darüber nachdenken. Und immer waren diese drei Ritter um sie und die beiden Robenträger, als wären sie an ihr festgebunden!

Sie landeten vor der Burg. Sabu war von ihrem Drachen abgesprungen und erwartete Taichi gelassen, obwohl ihm die Hände zitterten.

Taichi hatte einen Entschluss gefasst. Hier war für ihn nichts mehr zu tun. Er hatte genug gesehen und gehört und wusste nun, wer der FEIND war; Ein gefährlicher und tödlicher Gegner! Obwohl ihn der Kampf zwischen Sabus Heer und dem des FEINDES sehr interessieren würde, er musste nach Hause! Es gab so viel zu beraten und vorzubereiten. Diesen Zauberer im Zaum zu halten, das schaffte sie mit ihrem Heerführer und den Kommandeuren auch allein. Außerdem hatte sie zwei Zauberer zur Hand. Für ihn galt, den fragilen Frieden in Sini zu erhalten. Dazu musste er zurück nach Tomi! Unverzüglich! Doch zuvor war da noch eines mit Sabu zu bereden; Es zog in seinem Schritt und er riss sich zusammen, um nicht nach der Fürstin zu greifen und sie in das nächste Haus zu zerren. "Äh, hört, Sabu."

BRODOR

Die Sonne begann eben über der ‚Fünf-Finger-Bucht' aufzusteigen. Er genoss diesen Moment, denn wenn das Wetter es zuließ, konnte er von seiner Position aus weit, weit übers Land sehen. Manchmal strich Bodennebel über die tote Erde und gab der Landschaft ein gespenstisches, geheimnisvolles Aussehen. Heute jedoch war die Luft klar und die Sicht reichte über den Streifen verbrannten Bodens bis in die fernen Wälder und hohen Berge.

"Genießt Du den Sonnenaufgang?" Brodor zuckte zusammen. Der HERR! Er drehte sich suchend um seine Achse.

"Hier", ertönte die raue Stimme des Zauberers. Er saß als Schemen auf einer Zinne der Burgplattform. Und neben dem Herrn ein weiterer Schemen. "Ich darf vorstellen: Margur, mein - Sohn." Brodor warf sich zu Boden. *Der Herr hat einen Sohn? Du meine Güte! Gleich zwei von diesen ... Aha, dann war es wohl der Sohn gewesen, der seinem Heer nach Fuko gefolgt war und die Erde verbrannt hatte.*

"So ist es, Brodor." Der Meister sah sich um.

"Wie ich sehe, hat man Dich eingekesselt?"

Brodor schwieg. Jetzt tötet er mich.

"Was sagst Du dazu?"

Der HERR fragte ihn? Was sollte er sagen? Vorsichtig hob Brodor den Kopf. Dicht vor seinen Augen sah er Stiefel.

"Nun steh auf, oder soll ich mich dazulegen?"

"Keinesfalls, Meister." Brodor erhob sich und stand dicht vor seinem Herrn. Wieder erkannte er das Gesicht unter der riesigen Kapuze nicht und ein unangenehmer Leichengeruch ging von ihm aus. Unwillkürlich trat er zwei Schritte zurück. Er schwieg lieber und wartete.

"Nun? Wie konnte das passieren?" Des Meisters Stimme klang weder wütend noch unwillig. Eher so, als wenn er es erwartet hätte.

"Sie waren über Nacht da, Meister."

"Über Nacht?" Etwas Gefährliches war jetzt in der Stimme des Herren, "Und was haben Deine Wachen getan?"

"Geschlafen. Ich habe bereits Schritte eingeleitet. Sie hängen vor den Mauern und sterben langsam, Meister."

"Gut. Das wird den anderen eine Lehre sein. Was gedenkst DU zu tun?"

"Warten, Stellung halten, wie Ihr befohlen hattet, Meister. Und ab und zu Drachen aus der Luft holen."

"So? Und wie viele habt ihr abgeschossen?"

"Einen haben wir verletzt, Meister. Leider sind die Bedienungsmannschaften noch nicht so handfertig, wie gewünscht."

"Trainiere sie. Lass Dir was einfallen."

"Ja, Meister." Brodor verbeugte sich erleichtert. "Soll ich weiter ausharren, Meister?"

"Ja. Du bindest hier eine große Streitmacht. Das ist gut. Vorläufig warte noch zwei, drei Wochen, verhaltet euch ruhig. Und wenn der Feind nicht damit rechnet, brecht aus."

"Herr?"

"Mit viel Lärm und vielen Toten. Ich will, dass ihr das feindliche Belagerungsheer dezimiert. Stürzt euch vor allem auf die Reiterei und die Drachen. Sie sind am gefährlichsten." Der Magier holte eine Karte hervor. "Sieh her. Hier konzentrieren sich die Reiterei und dort, vielleicht eine halbe Meile nach Süden, hocken die Drachen. Dahin stoßt vor, tötet und vernichtet, was euch vor die Klingen kommt." Der HERR schlug mit der Faust in die Luft. "Wer durchgekommen ist, zieht weiter. Soweit ihr könnt. Ich hole euch rechtzeitig nach Somo."

"Soll ich …"

"Nein. Benutze nicht den alten Weg. Sucht euch einen neuen. Immer an der Küste entlang. Brennt alles nieder, vernichtet die Ernten und

Vorräte der Drachen." Der Schemen schwebte zur Mauerkante. "Pass auf Dich auf, Brodor. Ich halte viel von Dir." Der HERR blieb stehen. "Und zerstöre den Hafen! Lass keinen Stein auf dem anderen. Vernichte die Flotte!" Und, schwupp, waren der HERR und sein schweigsamer Sohn verschwunden. Nur eine kleine Luftbewegung spürte Brodor an der rechten Schulter. Brodor stand noch eine Weile unbeweglich auf der Stelle und starrte gedankenlos auf den Punkt, wo der Meister verschwunden war. Dann zuckte er mit den Schultern. *Wenn der Herr so will ...*

Vier Tage nach ihrem Ausbruch aus Fuko blutete Brodor aus vielen Wunden. Von den achthundert Krulls waren ihm fünf geblieben, ebenfalls vielfach verwundet, und seine beiden Adjutanten Boron und Krawag.

Er hatte keine zwei Wochen gewartet. Sechs Tage später, leider an einem schlechten Tag, schlug er los. Alles war vorbereitet. Der Hafen zerstört, die Flotte brannte lichterloh, die Krulls vorbereitet und unruhig. Ein Aufschub war nicht möglich, denn sie rochen Blut und standen kurz vor einer Meuterei.

Seit zwei Tagen hatte es ununterbrochen geregnet. Alles versank in einem braunschwarzen Matsch. Dennoch befahl Brodor den Ausbruch, egal, wie es ausgehen würde. Gleich nach ihrem Durchbruch durch die ersten Stellungen des Feindes waren sie nur noch wenige. Der Befehlshaber des Belagerungsheeres schien geahnt zu haben, in welche Richtung Brodor zielte. Jedenfalls, kaum war das Tor aufgegangen und die ersten hundert Krulls stürmten auf den Feind zu, empfing sie ein mächtiger Pfeilhagel, der die vorderen Reihen niedermähte. Dann kamen Steine und noch mehr Pfeile geflogen. Doch das bremste die schwarzen Monster nicht im Mindesten. Sie rannten die Faschinen nieder und drückten mit ihrer schieren Masse die Zäune zu Boden. Sie fielen, standen auf oder krochen, solange sie noch einen Kopf auf den Schultern hatten und ihr Herz schlug und kämpften weiter. Dann brach Brodor mit der Reiterei und seinen Vertrauten an der Spitze, durch das Tor und durch die Schneise, die die Infanterie in den Belagerungsring des Feindes geschlagen hatte. Tief auf den Rücken ihrer Riesenpferde geduckt, ritten sie alles nieder, was im Wege war – Feinde, eigene Leute; Tote, Verletzte, Belagerungsgeräte. Ihr Vorstoß war nicht zu bremsen. Brodors Gaul stürmte an der Spitze vornweg und wer nicht rechtzeitig zur Seite springen konnte, der wurde erschlagen oder niedergeritten.

Unterwegs stürzte sich ein gewaltiger Dragun

auf Brodor und bedrängte ihn gefährlich. Es gelang ihm, sich mit Ach und Krach von diesem Berserker zu trennen und dann zu flüchten; denn hinter ihm wurden es immer weniger Krulls. Zuletzt wurden sie von Drachen attackiert, bis sie einen Wald aus Eisenbäumen erreichten, der ihnen vorläufig Deckung bot. Hier konnten sie Luft holen und sich neu sortieren. Die Infanterie war vernichtet, das war klar! Aber ein großer Teil der Reiterei war noch um ihn. Sie ruhten eine Nacht, dann schwenkte Brodor direkt zur Küste. Da waren sie noch zweihundertzwanzig.

Als sie die Küste erreichten, staunten die Krulls nicht schlecht. So viel Wasser hatten sie noch nie gesehen! Und auch nicht so viele Schiffe, die, Zufall oder nicht, auf sie gewartet hatten. Brodor konnte seine Reiterei nicht vollständig entfalten. Die schweren Rösser versanken in dem weichen Sand des Strandes und verloren ihre Geschwindigkeit, die auf festem Grund immer von Vorteil gewesen war. Wieder gerieten sie in einen Pfeilhagel und dann kam die Marineinfanterie über sie. Sie wandten sich zur Flucht, doch der Eisenbaumwald war zu Ende. Jetzt flohen sie an der Küste entlang, vernichteten drei Fischerdörfer, fraßen die Speisekammern leer und zerhackten die Bewohner, die den Überfall überlebt hatten. Brodor schwenkte wieder nach

Osten. Sie tauchten in einen lichten Wald ein, immer darauf gefasst, von Drachen angegriffen zu werden. Doch es waren nicht Drachen, sondern die Soldaten des Fürsten Kamasu, die ihren Spuren gefolgt waren. Der Angriff der Schlangenwesen kam nicht überraschend. Wieder fielen seine Krulls. Hilflos musste Brodor zusehen, wie sie Reihenweise abgeschlachtet wurden. Brodor überstand mehrere Zweikämpfe, nur durch die Hilfe seiner beiden Adjutanten Boron und Krawag. Die Pferde hatten sie auch verloren, jetzt flüchteten sie zu Fuß. Noch einen Tag hielten sie durch, dann saßen sie in einer schmalen Schlucht - blutend, erschöpft und todmüde.

Es raschelte im Unterholz. Brodor und seine Leute waren zu müde, um aufzustehen. Als aus dem Gebüsch Dragune traten, rührten sie sich nicht. Die Schlangen sprachen etwas, das Brodor nicht verstand. Aber er war sich sicher, dass es besser war, sich zu ergeben. Er nahm sein Schwert und reichte es dem Dragun, der aussah, wie ein Offizier. Dann hob er einfach die Arme über den Kopf und wartete.

Sie wurden gefesselt. Jemand stieß Brodor mit der Speerspitze in den Rücken. Es stach und er fühlte, wie sein Blut dem Rücken herunterlief. Müde setzte er sich in Bewegung, immer wieder

Stöße in den Rücken bekommend. Nicht weit waren sie gegangen, da trafen sie auf eine weitere Gruppe des Feindes. Man schob ihn vor einen, der besonders prächtig gerüstet war. Bestimmt ein noch wichtigerer Offizier, vielleicht ein General oder der Fürst? Er kannte nicht die Rangordnung der Drachen, stellte sich aber vor, dass jemand so aussehen müsse. Man drückte Brodor auf die Knie. Der Gerüstete sprach giftig zischelnd zu ihm. Brodor verstand nicht. Er zuckte mit den Schultern und bekam einen Schlag in den Rücken. Wütend drehte er sich zu dem Schläger um und rief: "Ich verstehe ihn nicht, verdammter …"

Der Offizier drehte sich um. Ein Mensch trat vor. Brodor glaubte, so etwas einmal gesehen zu haben. Nur wann und wo, daran erinnerte er sich nicht, aber wieso wusste er jetzt …? Der Mensch trug eine dunkelgraue Robe. Sein Gesicht war freundlich, aber ernst.

"Ich heiße Baldur. Die Fürstin dieses Landes hatte mich gebeten, als Dolmetsch auszuhelfen. Wer bist Du?" Dieser Baldur beherrschte seine Sprache, wenn auch mit einem seltsam weichen Akzent.

"Brodor, Herr. Centurio Brodor, Heerführer des Nordens."

"Du hast also diesen Heerhaufen befehligt?"

"So ist es, Herr." Baldur übersetzte dem

Offizier, der jetzt auf einem Hocker saß, was Brodor gesagt hatte. Der zischelte wieder etwas und wedelte dabei abschätzig mit den Händen.

"Der Fürst fragt, warum ihr ausgebrochen und wie viele ihr noch seid."

"Der HERR hatte es befohlen."

"Und?"

"Ach ja, nur noch diese hier. Der Rest ist wohl tot oder verwundet."

Wieder zischelte der Offizier. Brodor sah fragend auf. "Außer euch hat weiter keiner der Deinen überlebt. Der Fürst sagt, dass man euch hinrichten wird." Baldur wurde unterbrochen. Der Offizier schien etwas zu befehlen. Baldur schwieg. Es war, als höre er auf eine innere Stimme. Er nickte. Dann sprach er mit dem hohen Offizier.

"Du nicht", übersetzte Baldur, "Du wirst nach Somo gebracht." Brodor war das herzlich egal. Ob hingerichtet oder nicht - was hat er gesagt? Nach Somo? In die Nähe des HERRN? Brodor nickte ergeben. Und hoffnungsvoll. Ob der HERR ihm helfen würde?

Am anderen Morgen musste er zusehen, wie seine Leute hingerichtet wurden. Man stellte sie in einer Reihe mit zusammengebundenen Beinen und auf den Rücken gefesselten Armen in die Landschaft und schlug ihnen die Köpfe ab.

"Mach's gut, Chefchen." Boron sah Brodor bedauernd an, bevor er den Kopf verlor, und Krawag fluchte einen langen und schmutzigen Fluch, der durch das Schwert, dass durch seinen Hals fuhr, kurz vor dem Ende abrupt beendet wurde.

Man band ihn, trotz seines Sträubens, auf einem Drachen fest. Zwei Tage später befand er sich in Somo, in einem stinkenden Loch, das oben vergittert war und in das jeder, der vorbeiging Abfälle hineinwarf oder urinierte und in das es hineinregnete. Er wickelte sich in seinen Heerführermantel, das einzige Kleidungsstück, das man ihm gelassen hatte und wartete. Auf was, wusste er nicht, es interessierte ihn auch nicht. Auch der HERR ließ ihn im Stich, fast hatte Brodor es erwartet. Und dann, nach wieviel Tagen es war, davon hatte er keine Vorstellung, holte man ihn aus der Grube, warf ihn in einen Bottich warmen Wassers. Es duftete angenehm, kleine, blasse Menschenwesen mit heller Haut schrubbten ihn angeekelt ab, man gab ihm einen Mantel aus groben, dunkelblauen Tuch, und schubste ihn schweigend einem Kiesweg entlang zu einem runden Tor in einer deprimierend grauen Mauer.

TAICHI

Tomi Taichi schnaufte. Er war immer noch wütend. Und wer konnte, ging ihm besser aus dem Weg. Zwei ahnungslose Sklaven hatten seine Fäuste zu spüren bekommen und lagen bewusstlos in ihren Hütten.

"Sie hat es gewagt!", brüllte er immer noch aufgebracht. Unruhig lief er durch das Zimmer und fuchtelte dabei mit den Armen. Eine kostbare Vase, die ihm im Weg stand, bekam einen Tritt, dass sie durch die Papierbespannung der Schiebetür flog. Draußen auf dem Kiesweg beendete sie ihre tausendjährige Existenz, denn sie zerbrach in hundert Stücke. Das dämpfte seine Wut, die er seit seinem Abflug von Somo gepflegt und immer wieder genährt hatte.

"Sohn, Taichi, beruhigt Euch." Taichis Mutter Michi kniete auf dem niedrigen Podest an der Rückseite des Zimmers. "Es gibt noch mehr heiratsfähige Dragunas als diese Sabu."

"Aber sie ist die Schönste!", rief Taichi. Er ging zu seiner Mutter, breitete verzweifelt die Arme aus.

"Sie kann Euch nicht heiraten, Sohn."

"Wieso nicht!"

"Weil sie die Fürstin von Yukokoshima und die letzte ihres Geschlechtes ist." Der Hikoshu-sham fuhr herum. Woher wusste seine Mutter von Dingen, von denen er selbst erst vor kurzem erfahren hatte? Welche Kanäle besaß sie? Taichi setzte sich seiner Mutter gegenüber. Er liebte sie mehr als alles andere auf der Welt. Besonders nachdem er seine Brüder getötet hatte. Er wäre nie Hikoshu-sham geworden, sondern einer seiner älteren Brüder. Aber seiner Mutter, die ihn persönlich großgezogen hatte – er war etwas schwächlich aus seinem Ei gekrochen und viel krank gewesen – würde er nie etwas antun, und er vertraute ihr aus ganzer Seele.

"Das ist mir egal", sagte er ruhiger.

"Es geht nicht Sohn, weil zwei Länder nicht durch Heirat der regierenden Fürsten verbunden werden können und dürfen."

"Das - ist – mir – egal!"

"Aber nicht dem Hikoshu-sham, der Ihr auch seid. Denkt an das dritte Axiom."

"Das dritte Axiom? Was ist das?"

"Es darf nicht mehr und nicht weniger als zwölf Familien geben. Zwölf Familien, zwölf Länder. Heiratet Ihr Sabu, geht ein Land verloren."

Taichi seufzte. Er sah ein, dass er sich mit der

Heirat nur etwas eingebildet hatte, was schlicht und einfach unmöglich war. "Was soll ich tun, Mutter-oiiya?"

"Habt Ihr einmal an die Dame Nyoko Akemi gedacht?"

"Wie kommt Ihr ausgerechnet auf Akemi? Nyoko ist so gut wie unser Vasall. Wo liegt da der Unterschied?"

"Wie ich hörte, soll die Dame Akemi ebenfalls eine außergewöhnliche Schönheit sein. Und sie ist nicht die Fürstin eines Landes."

"Aber sicher nicht so klug, wie Sabu."

Ungehalten beugte Michi sich vor: "Vergiss Sabu", zischte sie. Vor Wut vergaß sie jede Form. "Verzeiht, Sohn." Sie verbeugte sich besonders tief.

"Schon gut. Dann lass ich es eben sein. Vergesse Sabu, vergesse Heirat. Dann mache ich eben ein wenig Krieg." Er sprang auf und lief unruhig im Raum umher. Wie sollte er jemals Sabu vergessen? Ab der ersten Sekunde hatte er sich verliebt. Sein Verstand setzte aus, er dachte nur noch eines: Er musste Sabu haben, komme was da wolle! Seine jetzige äußere Gelassenheit war nur gespielt. Er kochte immer noch vor Wut und Verlangen. "Ich kann Euch nicht heiraten", hatte Sabu, höflich, aber bestimmt erklärt. Und kramte dieselben Argumente hervor, wie seine

Mutter jetzt. Na und! Sie kann doch ihr Land behalten! Und er seins. Dann schmeißt er den Fürsten den ganzen Dreck hin. Er hatte eh' keine Lust mehr! Hatte er noch nie! Ihn interessierte die Position und die damit verbundene Macht. Wenn er gewusst hätte …! Und von ihm aus können sie sich einen anderen Hikoshu-sham wählen. Welcher Dämon hatte ihn geritten, seine Brüder umzubringen, nur um diese Bürde zu erben?

Akemi? Er hockte auf seinem Podest und stützte die Fäuste in die Seiten. Es war schon einmal von eben jener Akemi wegen einer Heirat zwischen ihnen die Rede gewesen. Ihr Vater war oft zur Berichterstattung in Tomi. Als Verweser des sinischen Reiches war Nyoko Aiki mindestens zwei Mal im Jahr unterwegs, um die Küsten-Festungen und Forts des Reiches zu überprüfen. Im Auftrage des Hikoshu-sham. Und nicht nur das; Aiki war ein unbestechlicher, ehrlicher und zuverlässiger Ratgeber, wenn auch ein wenig alt. Zuletzt war sein Sohn und Erbe, Chiyoko, auf die Inspektionsreisen gegangen und hatte seine Schwester Akemi mitgenommen. Bei einer der anschließenden Berichterstattung wurde ihm Akemi vorgestellt. Ja, auch sie war eine Schönheit, zweifellos! Und eine hervorragende *chikai-daito*-Kämpferin! Wie war er erstaunt, dass in solch einem zarten Körper eine derart hervorragende Kriegerin steckte, die ihn, den Hikoshu-sham, locker zu Boden geworfen hatte. Er war immerhin einen Kopf größer und viermal schwerer als das Mädchen! Auch wenn er im Schwertkampf geübter war, aber im *chikai-daito* war sie die Meisterin!

Taichi war aufgestanden und lief aufgeregt hin und her. *Wie lange ist das her? Ein, zwei Jahre? Ah ja! Kurz bevor sie in die Sonnenstadt gebracht wurde.* Die Berührung mit dem weichen Dragunakörper hatte Taichi gefallen, obwohl zwei leichte Rüstungen dazwischen waren. *Das war ein Spaß!* Er stellte sich Akemi nackt vor. *Oho!* Sie musste jetzt schon viel reifer sein. Nicht mehr ganz so kindlich. Aber das war nicht alles. Wenn er es recht überlegte, durch eine Heirat wären die Häuser Tomi und Nyoko enger verbunden als gegenwärtig. Obzwar es durch diese Verbindung nicht zu einer gegenseitigen Verpflichtung kommen würde, sein Reichtum und Nyokos Militärmacht würden sie zu den mächtigsten Fürsten vor Asamoto von Sagoshima und Sabu von Hita machen! Taichi verschränkte die Arme vor der mächtigen Brust und runzelte die Augenwülste. Aber Sabu war anders! Anregend, verführerisch - vor allem mächtig und reich!

Er war aufgesprungen und lief, die Hände zu Fäusten geballt, hin und her. Verdammt, er musste sie vergessen! Taichi hielt mitten im Lauf inne: "Könnt Ihr Euch darum kümmern, Mutter-oiiya?"

"Worum, mein Sohn", fragte Michi weich – sie ahnte, was ihr Sohn von ihr wollte.

Taichi wackelte mit dem Kopf. "Ich meine, Euern Vorschlag, Akemi betreffend." Er hörte, wie Michi leise aufatmete. "Gut. Indess habe ich mich um Anderes zu kümmern. Der Higoshu-ogoku beginnt in wenigen Tagen. Es gibt einiges vorzubereiten."

Die Versammlung der Fürsten fand seit Jahrhunderten in der Nebenburg Tomis, Tomichi, statt. Drei Meilen entfernt, direkt an der Küste gelegen. Die Burg hing regelrecht an der hohen, felsigen Steilküste des Okono-Kaps. In der winzigen Bucht von Tomichi befand sich ein Hafen, der nur über eine steile und enge Treppe zu erreichen war, und heute mit mittleren und großen Schiffen zum Platzen gefüllt war. Etliche Familienoberhäupter hatten den Seeweg gewählt, besonders die, deren Fürstenhäuser im Westen Sinis lagen. Die Flaggen des Fürsten *Amaja* und die der *Norokami* aus dem Norden, sowie der *Akayi* aus dem Süden flatterten an den Masten. Natürlich waren sie in Begleitung ihrer persönlichen Garden, die herausgeputzt oder schlicht gekleidet, nunmehr vor den Stadthäusern der Fürsten in Tomi patrouillierten oder auf den Mauern der Anwesen Wache hielten, während sich die Herren und Offiziere in den einschlägigen Wirtshäusern und den ‚Häusern der Weidenruten‘ amüsierten. Vor der Stadt war das Feldlager für die Fürsten, die mit ihren Drachen gekommen waren, angelegt. Die großen Tiere beanspruchten viel Platz, nicht zu reden, von den Unmengen an Futter, die herangeschafft werden mussten. Dazu verursachten sie noch reichlichen Lärm!

Tomi Taichis Leibgarde und die zahlreichen Krieger des Hikoshu-sham achteten darauf, dass Frieden herrschte und sich jeder an die Regeln hielt. Sie patrouillierten in der Stadt und der Festung und außerhalb, und hatten ein scharfes Auge auf Waffenträger sowie die unvermeidlichen Diebe, von denen es in Sini zum Glück nur sehr wenige gab.

Die Stadtbewohner fluchten, wie jedes Mal, wenn sich die Fürsten in Tomi versammelten, bejammerten ihr Schicksal und versteckten ihre wenigen Reichtümer. Zum Glück wurde immer rechtzeitig bekanntgegeben, das und wann eine solche Versammlung stattfindet, sodass sich die Städter und auch die Bauern der Umgebung mit Nahrung und Getränken bevorraten konnten. Kahlfraß, nannten sie die Fürsten und ihre Begleitung. Nicht ohne Grund, denn der Hunger der Fürsten nach Speisen und Getränken war unstillbar. Nur die Damen der Weidenruten, die Joseyji, und die Diebe und Beutelschneider, fanden diese Zeit am ergiebigsten und waren es zufrieden.

Taichis Befehl lautete, sich in der neunten Stunde des siebten shigatsu im vierten Monat des Jahres der mosu in der Burg von Tomichi persönlich einzufinden. Es gab keinen Fürsten, der dem nicht pünktlich nachgekommen wäre! Manche waren schon seit drei, vier Tagen in Tomi. Aus vielerlei Gründen. Zum einem sah man sich nach langer Zeit wieder und konnte einschätzen, wie es um die Gesundheit der jeweiligen Fürsten stand und ob er oder sie nicht irgendwann in nächster Zeit oder später seine Macht abgeben würde, und an wen. Zum anderen ergab sich die Möglichkeit Ränke unter vier Augen weiterzuschmieden, neue zu ersinnen und Allianzen zu festigen oder zu bilden. Dazu brachten die Fürsten genügend Beamte und Diplomaten mit, die umherschwirrten wie die Bienen, um die Aufträge ihrer Herren schnellstmöglich zu erfüllen. Diesmal machten vor allem Gerüchte um Hita die Runde. Niemand wusste etwas Genaues, weshalb die seltsamsten Meinungen hin und her gingen; Unterstützt noch dadurch, dass bisher niemand aus Hita in Tomi erschienen war. Das Stadthaus stand leer. Weder der Verwalter noch die Wächter und Diener wussten etwas. Die Herren sahen ihre Informanten und sich nachdenklich an, wackelten mit den Köpfen und machten im Stillen Pläne, die nicht immer im Sinne des Friedens des *hikoshu-sham* waren.

Der Aufmarsch der Herren der Familien mit ihrer Entourage zur Versammlung geriet zu einem Augenfest für die Einwohner. Die Herren der Familien zogen von Tomi nach Tomichi zu Fuß. Das war eine jahrhundertealte Tradition. Die meisten taten es gern, konnten sie wenigstens einmal im Jahr den anderen ihren Reichtum und ihre Macht demonstrieren.

Am frühen Morgen trafen sich die Fürsten im *,Tempel der sieben Märtyrer'* [5] am Rande von Tomi. Hier baten sie die Götter und guten Geister

---

[5] Die Zahl sieben hat für die Sini eine besondere spirituelle und magische Bedeutung. Demnach bedeutet die Zahl zuallererst Glück und Frieden, Wohlstand und die sichere Wiederkehr ins Leben nach dem Tode. Sieben Umdrehungen macht das Rad des Lebens, bis entschieden ist, erneut ins Leben zu treten oder es in die Unterwelt geht. Sieben Prüfungen muss der Krieger oder die Sini (Draguna) bestehen, um die höheren Weihen des nochmaligen Daseins zu erreichen. Siebenmal kehrt der Dragun ins Leben zurück, bis er ins Nevarda oder Nirvada (Himmel? An der Seite der Götter?) eingeht.

um Beistand. Weihrauch waberte durch die Räume und die frühe Sonne zeichnete helle Streifen in die trübe Luft. Man hinterließ großzügige Spenden, für die sich die Mönche mit heiligen Bildchen und gesegneten Gegenständen bedankten. Dann ordnete man sich zu einem langen Zug. Es war immer das gleiche Bild: An der Spitze marschierte eine Hundertschaft der Hausgarde aus Tomi, der fünfundzwanzig Trompeter und zwanzig Trommler folgten, die einen infernalischen Lärm verursachten. Dem folgte der Zug der Fürsten, angeführt von drei Kriegern in den Hausfarben der Familie, von denen der mittlere das Banner trug. Da Waffen verboten waren, trug man keine Rüstungen, sondern war in festliche Kimis gekleidet. Der Hikoshu-sham garantierte die Sicherheit der Familien, und noch nie war es vorgekommen, dass es bei einem higashi-ogoku[6] zu Übergriffen gekommen war. Den Straßenrand säumten Krieger des Hikoshu-sham im Abstand von fünf bis zehn Schritten. Scharf beobachteten sie die Schaulustigen und die Umgebung. Doch alles war ruhig. Die Leute gafften und verbeugten sich respektvoll, manchmal auch spöttisch, und nicht zu tief vor den Fürsten und schwiegen. Auch das

---

[6] Rat der Herren

war üblich, denn die Sinis tragen ihre Seele, wie sie sagen, nicht vor sich her.

Gleich hinter den Bannerträgern geht der Herr des Hauses, der Fürst. Zum Zeichen seiner Würde und seines Standes ist das Material nicht nur des Kimis und des Gürtels aus teuerster Seide und wunderbar gemustert, sondern auch das Schuhwerk von feinstem Leder. Auf dem Kopf tragen die Fürsten Topfähnliche Hüte, von denen Seidenbänder – natürlich in den Hausfarben – flattern. Ihre Arme sind mit Goldschmuck, und Edelsteinen regelrecht übersäht. Ein weiteres äußeres Zeichen ist ein eine Elle langer Stab aus Gold oder Silber, in dem mit eleganten Schriftzeichen der Name der Familie eingraviert ist. Diesen trägt der Fürst stolz vor sich her, so dass jeder sehen kann: Seht her, hier kommt euer Fürst!

Einen halben Schritt zurück folgten die beiden engsten Berater, zu erkennen an den Schriftrollen und Schreibutensilien unter dem Arm. Jeder Fürst hatte das Recht, seine wichtigsten Daimios zum Hikoshu-igoku mitzunehmen. So folgten den mächtigsten Fürsten auch mehr Daimios als den weniger bedeutungsvollen. Zuletzt gingen weitere Berater und Beamte, die Frauen und Kinder der Fürsten und die Hofdienerschaft hinter den Würdenträgern her. Je einundzwanzig unbewaffnete Gardisten des Fürstenhauses, jeder ein Meister im *chikai-daito*, bildeten den Abschluss.

Die Führung des Fürstenzuges hatte seit ewigen Zeiten das Haus Nyoko von Sagoshima inne. Ein Recht, dass dem Verweser des Reiches zustand, und der neben dem Hikoshu-sham wohl der mächtigste Fürst in ganz Sini war. Hochmütig und stolz kam Nyoko Aiki daher und sah weder nach rechts noch nach links. Ein goldener Seidenkimi mit breiten Gürtel zierte seine hochgereckte Gestalt. Alles blitzte golden an ihm, sein Hut, seine Kleidung und seine Sandalen. Nyoko Aiki war ein herrischer, manchmal auch grausamer Herr, der leicht ein Todesurteil fällte, egal, wem gegenüber. Schon oft hatten Kommandeure von Festungen, wenn sie einen kleinen Fehler begangen hatten, den Kopf oder eine Hand verloren. Aber er liebte seine Familie. Seinen einzigen Sohn und seine Lieblingstochter Akemi, die ansonsten neben ihm ging. Ein Privileg, dass nur er sich herausgenommen hatte. Akemi weilte bei einer Tante im Norden, um ihre gesellschaftliche Ausbildung abzuschließen. Sie fehlte ebenso in der erlauchten Runde, wie Aikis Sohn Chiyoko. Er war, wie man sagte, in diplomatischen Angelegenheiten unterwegs. Hinter vorgehaltener Hand wurde allerdings gemunkelt, dass er mit Kriegsvorbereitungen beschäftigt wäre. Gegen wen, ließ man im Raum stehen. Nyoko Aiki hatte alle seine Daimios mitgebracht, von denen viele direkte oder angeheiratete Verwandte waren; Nyoko Chiyokogii von der Präfektur Nyoko-Sagoshima, Nyoko Suzume aus der Präfektur Sadmikami, Daimio Anagumo von Saka-tooi, Daimio Nyoko-Yataka, von Tenshishima ein Vetter mütterlicherseits, Daimio Dmomo von Shimouki, Daimio Chika-Ra von Sadmikami, Fürst Za aus der Präfektur Matobo und zu guter Letzt, Fürst Jakobe aus der Präfektur Hebiyi. Dem folgte ein großer Block an Beamten und mit großer Sicherheit Spione, die sich als Schreiber ausgaben. Hikoku Asamoto von Shoushima, der jovial den Zuschauern zuwinkte und seine scharfen Zähne blitzen ließ, folgte dem Fürsten Akemi. Der Fürst von Shoushima galt als schlau und verschlagen. Nie sah man ihm an, was er dachte oder welche Pläne er verfolgte. Jeder, der mit ihm zu tun hatte, tat das mit äußerster Vorsicht. Ihm wurde unterstellt, dass er sehr gute Beziehungen zu den najano-ko unterhielt. Einen halben Schritt hinter dem Fürsten ging oder besser, rollte lustlos dessen fetter Sohn Ymomaki auf seinen kurzen Beinen hinterher. Der einzige Erbe Asamotos, da der Fürst nur ihn als seinen männlichen Nachfolger hatte. Was der Fürst als großen Mangel empfand. Zudem galt Ymomaki als dumm, faul und verfressen. Einer von Asamotos Beratern warf kleine Kupfermünzen in die Menge der Neugierigen. Asamoto galt als der reichste Fürst Sinis, neben dem Haus Hita und Nyoko. Selbst Nyoko Aiki war nicht so reich, wie diese beiden Fürstenhäuser. Eine kleine Pause entstand, denn an dieser Stelle war das Fürstenhaus Hita positioniert. Hier sollte Fürst Kenshoori kommen, doch er fehlte. Man tuschelte in den Reihen der Fürsten und Zuschauer, denn nur wenige ahnten den Grund anhand des Gemunkels, das Tomi inzwischen erreicht hatte. Also gab es genug Material für die wildesten Legenden.

Nur klein war die Lücke, denn es folgte die Familie Amaya von Kaitoshima, dessen Fürst schwer auf einen Stock gestützt daher humpelte. Er herrschte seit hundertdrei Jahren über das Land, das reich an Eisen und Nickel, jedoch ansonsten arm war. Seine Vorfahren hatten in unsinnigen Kriegen um mehr Land das Vermögen und das Ansehen der Familie verspielt. Niemand nahm ihn ernst, doch achtete man neuerdings auf seinen vierten Sohn, der stolz einen halben Schritt hinterher ging und das Familienszepter trug. Diesem sagte man nach, dass er ein ausgezeichneter Händler und unerbittlicher Feilscher wäre.

Die Dame Norokami Harada von Nishi-shima war bisher die einzige Draguna, die in der Neuzeit eine Familie beherrschte. Man hielt sie für schwach, weil sie den schönen Künsten zugewandt war. Das war jedoch ein Irrtum. Schon etliche Herren hatten ihre scharfe Zunge zu spüren bekommen, wenn sie dachten, sie könnten sich ihr überheben. Und nicht nur das! Es war auch bekannt, dass ihre Leibwächter scharfe Schwerter hatten, die sie gegebenenfalls einsetzen würden. Aber es war auch bekannt, dass die Dame Harada wunderbare und wundersame Gedichte schrieb und vier Bücher mit historischen Begebenheiten herausgegeben hatte, für die in Sini Unsummen an Gold bezahlt wurden. Sie war eine schlanke Draguna in knallrotem Kimi voller Drachenstickereien. Ihre majestätische Art, der eng an ihrer schlanken Figur anliegende Kimi, rief neidisches Getuschel und manch hämische Bemerkung bei den Zuschauern hervor. Auch ihre Begleiter trugen rote Kimis, die in der Morgensonne so leuchteten, dass es schien als würde die Sonne eben aufgehen.

Hidaro Mikiri von Minoru, der sich angeregt mit seinen Beratern unterhielt, trug einem himmelblauen Kimi. Ab und zu sah er in die

Menge am Straßenrand, als erwarte er, Hoboke und seinen Ritter Komo zu sehen. Doch es stand nur gemeines Volk herum und starrte ihn an. "Kümmert Euch, verdammt noch mal, um diesen Hoboke, Kamaro", flüsterte er seinem rechten Berater zu. Der nickte. "So wie wir in Tomichi sind, Herr."

Nun folgten die südlichen Fürsten; Fürst Lhagotshi von Nantou-Sini, ernst und würdevoll, mit kleiner Familie und nur fünf Kriegern, die ihm folgten. Der Fürst liebte Musik und Tanz. Sein Heer war klein, er verließ sich auf das zweite Axiom Sinis. Manche Fürsten lächelten über ihn und hielten den Fürsten für harmlos. Doch er hatte einen starken Halt in seinem Volk, weil ihm Gerechtigkeit und Verständnis vor Strafe ging.

Mit auf den Rücken gelegten Armen, den Stab der Familie im Gürtel, folgte Daiki von Daikishima. Er sah zu Boden und interessierte sich nicht für die Zuschauer und seine Umgebung. Ihn umgab die Aura des Geheimnisvollen. Niemand konnte ihn besonders einschätzen, denn er wich allen Fragen geschickt aus. Das Land im südöstlichsten Zipfel Sinis war beherrscht von Wäldern, Bergen und Vulkanen, von denen der aktivste der Kikimani war. Sein Wohlstand begründete sich auf Bodenschätze, die von Sklaven aus tiefen Bergwerken gehoben wurden.

Besonders Eisen, Kupfer, Zinn und an wenigen Stellen Gold von besonderer Reinheit wurden gehoben und teuer auf den Märkten verkauft.

Fürst Yomotabe von Kasumi, ein untersetzter, kräftiger Dragun in den besten Jahren, dem offenbar sein Kimi nicht passte, denn er drehte unbehaglich den Kopf hin und her, kam mit Trippelschritten daher. Er war einer der kleinsten Fürsten Sinis, jedoch von festem Willen und einem gewissen Durchsetzungsvermögen. Sein Land kennzeichnete die Wüste *sentu*, die ein Drittel des Landes einnahm. Die Armee war für das Land zu groß und kostete Unmengen an Silber und Kupfer, das er gegen sehr guten Wein aus den Vorbergen des Küstengebietes im Süden tauschte. Schon immer war er an den Süden Yukokoshimas interessiert, mit seinen fruchtbaren Feldern, vor allem aber an der Burg *higoshi* und der Hafenstadt *Kajabe*. Erstere, weil er die Durchfahrt in den Norden beherrschen würde, wenn er sie besäße, und Kajabe wegen des großen Handels- und Marinehafens als Tor zum reichen Norden. Grimmig sah er auf die Zuschauer, als wären sie schuld an seinem Dilemma.

Zuletzt erschien Akaya Sari von Akaya-Shima, unscheinbar, kaum größer als Yomotabe und schrecklich alt. Man achtete im Rat der Hikoshu-ogoku jedoch seine weisen Ratschläge, die umfassende Kenntnis des Rechts in Sini und wegen seines Talents, Frieden zwischen den Fürsten stiften zu können. Wenn auch uralt, marschierte er aufrecht auf einen Stock gestützt tapfer hinterher. Den Stab der Familie hielt ein Sohn des Fürsten. Langsam wandten sich die ersten Schaulustigen uninteressiert ab, denn es war ein langer Zug gewesen. Den Abschluss bildete wiederum eine Hundertschaft Gardisten, diesmal die des *hikoshu-sham* in einem neutralen weiß.

Der Zug der Herren hatte sein erstes Ziel erreicht. Das Tor des "Göttlichen Kriegers" lag vor ihnen. Den Rang des *Göttlichen Kriegers* erlangte man nach dem siebten Leben als Krieger. In alten Lieder und Sagen erzählte man davon, dass es "Göttliche" gegeben haben soll. Mächtige Helden und tollkühne Kämpfer. Aber niemand konnte sich erinnern, dass es in der jüngsten Zeit einen solchen gegeben haben soll. Es war das erste und größte Tor der Burg *Tomichi*, noch knapp eine halbe Meile vor der eigentlichen Burg gelegen. Feierlich schritten die hohen Herrschaften durch das Torhaus, beobachtet von aufmerksamen Palastwachen und dem Rest der Zuschauer, die nicht genug bekommen konnten. Nachdem der letzte Soldat durch das Tor marschiert war, schloss es sich mit einem dumpfen Ton. Dämonenfratzen grinsten von den Torflügeln herab und Wachen zogen auf den beiden Türmen neben dem Torhaus und den Mauerkronen auf. Ab jetzt waren die Herren Sinis unter sich.

Die Fürsten mussten noch durch weitere vier große Tore ziehen. Jedes trug einen anderen Namen; Es folgte das Tor der drei Monde, das Drachentor, das Tor des Frühlings und zuletzt des Tor der himmlischen Weisheit. Die geschlossenen Reihen lösten sich unterwegs immer mehr auf und die Fürsten begannen, sich zu unterhalten, bevor sie endlich das letzte Tor durchquerten. Sie wandten sich dem "Haus der vollkommenen Harmonie" zu, in dem die Versammlungen der Fürstenhäuser stattfand und sammelten sich vor dem Eingang, um, nun in umgekehrter Reihenfolge, das Haus zu betreten – die niederen Fürsten zuerst. Und während die Herren und ihre Berater sich umständlich und mit viel Steifheit und Zeremoniell begrüßten oder freundliche Worte wechselten, Neuankömmlinge des Hofes vorstellten und sich umständlich sortierten, gingen die Familienangehörigen und die Gardisten zu den jeweiligen Anwesen der Fürsten. Jedes Haus mit seinen Nebengebäuden glich dem anderen, um zu zeigen, dass vor dem *hikoshu-sham*, dem Herren der Herren, jeder gleich sei, wie mächtig oder reich er auch wäre. Die Anwesen waren lediglich durch brusthohe Yomeni- oder Ginsterhecken getrennt. Die Durchlässe in der Hecke hatten geschickte Gärtner in Form von Tieren, Göttern, Dämonen oder Fabelwesen zugeschnitten. Die Wege waren mit schneeweißem Marmorkies belegt, der weich und warm unter den Füßen knirschte.

Durch eine breite doppelflügelige Schiebetür betraten die Fürsten mit zwei Beratern an ihrer Seite einen quadratischen Vorraum. Er war schlicht weiß gestrichen. An den seitlichen Wänden hingen zwei kostbare Kalligraphien mit Sinnsprüchen: "*Es gibt keine Gegenwart und keine Zukunft, nur die Vergangenheit, die sich ständig wiederholt*" auf der rechten Seite, und links: "*Achte auf deine Gedanken! Sie sind der Anfang deiner Taten*". Die Schiebetüren zum großen Saal waren kunstvoll mit Kirchblütenzweigen bemalt. Den Eingang bewachten zwei riesige Krieger in Paradeuniform. Jetzt passierten die Fürsten auch diese Türen und gingen zu ihren Plätzen, die ihre Väter und Vorväter und deren Väter und die Väter der Väter eingenommen hatten. Hier würden sie über das Schicksal des Reiches beraten oder nur zuhören. Und manche, so sagte man hinter vorgehaltener Hand, verschliefen einfach alles. Hinter dem letzten Fürsten schlossen sich die Schiebetüren. Die Wachen stellten sich davor auf. Der hikoshu-ugoku konnte beginnen.

Jedoch ein Platz blieb frei: Der des Fürsten von Hita! Die Nachricht, dass Sabu nicht kommen wird, hatte den Hikoshu-sham noch nicht erreicht. So schaute sich Taichi im *Saal der weisen Gedanken* suchend um, und auf den Platz in der zweiten Reihe. Und wartete auf das Glöckchen, dass die Sitzung endlich eröffnet werde. Doch der zweite Sekretär, Hideyoshi Komoi, rührte sich nicht. Taichi drehte den Kopf zu Komoi, was bei seiner zeremoniellen Kleidung nicht leicht war. "Worauf wartest du?", fragte er durch die Zähne. Komoi zwinkerte nur mit den Augen. Er nickte zur Tür hin, die eben aufging.

"Seine Exzellenz, der Botschafter von Yukokoshima, Herr Maru Kamino!", rief Komoi.

Verdammter Komoi! Das ist so seine Art, mit dem hikoshu-sham ein wenig zu spielen. Na warte! Taichi schnaufte ärgerlich, und warf einen giftigen Blick auf Komoi. Doch der blinzelte gelassen und verzog keine Miene. Dass er nicht gewusst hatte, dass Sabu einen Diplomaten schicken würde, und Komoi kein Wort dazu gesagt hatte, ärgerte Taichi maßlos. Diese Dame! Entgegen dem ausdrücklichen Befehl, persönlich zu erscheinen, blieb sie der Versammlung fern! Was soll das? Verweigerte sie den Befehl, um ihn zu demütigen? Oder im Nachhinein noch Ärger zu verschaffen, weil er sie in sein Bett ziehen wollte und wegen ihrer Absage wütend und Drohungen hinterlassend abgeflogen war? Taichi brummte in sich hinein. Na gut, warten wir ab, was dieser Kamino zu sagen hat.

Zwei Berater im traditionellen silbergrauen Kimi und schwarzen Hüten, die aussahen, wie Töpfe mit zwei Hörnern, begleiteten Kamino, der still und in bescheidener Haltung auf den Platz seiner Fürstin zusteuerte. Der Hikoshu-sham holte tief Luft, um Kamino woanders hinzuweisen, doch sah er im Augenwinkel einen Blick seines Sekretärs. Schnell atmete er aus und formulierte dafür an einer entsprechend giftigen Bemerkung. "Da Ihr nun auch erschienen seid, Exzellenz, können wir, mit Eurer gütigen Erlaubnis, beginnen?", zischte er.

Kamino hatte eine Bemerkung dieser Art erwartet. Er lächelte verbindlich, verneigte sich ein wenig vor Taichi, und entgegnete: "Es ist mir eine Ehre, die Grüße meiner Herrin dem hohen Rat und Euch persönlich zu überbringen. Meine Herrin lässt sich entschuldigen, da sie gerade mitten in den Vorbereitungen einer Offensive gegen den FEIND steckt." Er übergab seinem rechten Berater eine Schriftrolle. "Meine Herrin, Fürstin Hita Sabu, hat mich zu ihren Botschafter berufen." Er deutete auf die Schriftrolle, die eben an Taichi übergeben wurde.

Ohne sie anzusehen, reichte Taichi die Rolle weiter an seinen Sekretär, der das Siegel prüfte und bestätigend nickte. Unruhe war aufgekommen, denn etliche Fürsten wussten noch nicht, was in Yukokoshima vorgefallen war. Natürlich war das Fehlen der Familie Hita während des Fürstenzuges aufgefallen und Anlass für Gerüchte und Mutmaßungen. Nun war man gespannt, was der Botschafter zu berichten hatte.

"Wollt Ihr dem hohen Auditorium erklären, Exzellenz, wieso ihre Gnaden, Fürstin Hita Sabu, einen Krieg führt? Und gegen wen, denn ich sehe erstaunte Gesichter. Wie Euch und uns allen bekannt ist, verbietet das Gesetz, Krieg in Sini zu führen."

"Das, tonoo, ist mein Auftrag."

BRODOR

Er stolperte über eine flache Schwelle. Die Augenbinde war so festgezogen, dass er nicht das Geringste sehen konnte. Doch die festen Griffe um seine Oberarme und gelegentliche Stöße mit einem spitzen Gegenstand, halfen ihm, den richtigen Weg zu finden. Es war still. Er roch, dass er durch ein Haus geführt wurde.

Seine Bewacher zischelten und knurrten. Wieder spürte Brodor, dass es durch weitere Zimmer oder Räume ging, bis sie plötzlich stehen blieben und er auf die Knie gedrückt wurde.

Da kniete er nun, und nichts geschah. Die Wächter, die ihn hierhergeleitet hatten, schienen verschwunden. Er hörte leise Schritte, jemand nahm ihm die Augenbinde ab. Brodor blinzelte, bis er wieder sehen konnte. Unauffällig sah er sich um. Er befand sich in einem hellen, beinahe leeren Raum mit rundherum bemalten Wänden. Schlachtenszenen waren höchst künstlerisch darauf dargestellt. Brodor verstand etwas davon! Ja, er selbst hatte Figuren mit Holzkohle an die Mauern von Fuko gemalt! Leider standen diesmal neben ihm Wachen. Fünf Schritt vor ihm saß auf einem Klappstuhl eins dieser Schlangenwesen in einem hellgrauen Mantel. Zwei wunderbare Schwerter steckten in dem roten Gürtel. Die Echse musterte ihn eindringlich. Die Haare auf seinen Armen und Beinen richteten sich auf. Was sollte er tun? Sich auf den Boden werfen? Um sein Leben betteln? Brodor entschied sich dafür, zu warten. Neben der Echse in der grauen Robe stand ein Mensch in einer dunkelblauen Robe, die Hände in die Ärmel geschoben, wie es der HERR tat, der finstere Meister. Nach einigen beängstigen Sekunden des Schweigens sprach das Drachenwesen und der meharr in der dunklen Robe übersetzte: "Meine Fürstin fragt dich, wer du bist, und wie dein Name lautet."

Brodor schluckte. Diese Echse war ein Weib! Und noch dazu eine Fürstin! Da war er ja gewaltig aufgestiegen! Vom Soldaten über den Heerführer zum Gefangenen eines weiblichen Fürsten. Also Sachen gab es!

"Nun?", fragte der *meharr*.

Erst jetzt spürte er, dass er einen trockenen Hals hatte. Er bewegte die Lippen, doch nur ein Krächzen kam aus seinem Mund. Die Fürstin machte eine Handbewegung. Ein Becher erschien in seinem Blickfeld. Wasser! So lange hatte er nichts mehr getrunken. Gierig griff er nach dem Becher. Seine Hände waren frei! Das wäre die

Gelegenheit – war sie nicht! Brodor spürte die scharfe Klinge eines Schwertes an seiner Gurgel. Er trank gierig einige Schlucke, dann stellte er den Becher vorsichtig auf den Boden. "Brodor. Ich heiße Brodor. Heerführer des Nordens, des HERREN, des Meisters der Meister und …"

"Schon gut. Wer aber ist dein Herr? Wie nennt er sich?"

Brodor hob die Hände bis an die hochgezogenen Schultern. "Weiß ich nicht. Hat er nie gesagt. Der HERR eben. Oder Meister."

Der meharr flüsterte mit der Drachenfrau, die ihn unverwandt angesehen hatte. Sie tauschten sich intensiv aus. "Was weißt du über das Heer deines Herren?"

"Was soll ich sagen? Ihr tötet mich sowieso. Bekommt es selbst heraus."

"Du scheinst ein Witzbold zu sein, Brodor?"

Brodor zuckte mit den Schultern. "Mir ist es gleichgültig."

"Dein Leben ist dir gleichgültig?"

"Naja. Ja – Nein! - Der HERR wollte mich holen. Aus Somo." Brodor blickte sich um und breitete die Arme aus. "Und? Hat er es? Nein!" Die Verzweiflung, die ihn in der Grube ergriffen hatte, brach sich endlich Bahn. Ja, er war verzweifelt, er fühlte sich verkauft und verraten. In Fuko schon hatte er dieses miese Gefühl gehabt. Und dann auf der Flucht aus Fuko, durch die Wälder und an der Küste entlang vertiefte es sich. Der HERR hatte ihn verlassen. Und zuletzt in der winzigen Schlucht wollte er auch nicht mehr. Er wusste nicht mehr, wem er diente. Einem Meister oder nur einer dunklen Macht, die ihn verführt hatte und missbraucht. Ja, missbraucht! Er war ihr gleichgültig. Er war nur ein Werkzeug, dass man wegwarf, wenn es stumpf geworden war.

Wieder flüsterte der meharr mit der Drachin. Sie schienen sich nicht ganz einig. Doch nach mehreren Wortwechseln nickte die Fürstin. Der meharr richtete sich auf und kam auf Brodor zu. "Steh auf und folge mir." Brodor sah sich unsicher um. Mitgehen. Will er mich jetzt töten? Er stand auf. Die Knie taten ihm weh. Mit eingezogenem Kopf, soweit es bei seinem kurzen Hals überhaupt möglich war, drehte er sich um und machte einen Schritt. Kein Schwertstreich! Sein Kopf saß noch fest auf den Schultern. Ein weiterer Schritt, noch einer, dann folgte er dem Robenträger, der sich nicht einmal nach ihm umdrehte. Brodor dachte eine hundertstel Sekunde daran, zu fliehen. Doch dann sah er die Wachen überall.

Sie betraten einen wunderschönen Garten. Hier atmete Brodor tief ein. Er lebte immer noch und dieser Robenträger ging vor ihm her, als wusste er, dass Brodor nicht fliehen werde. Und hatte damit recht. Wo sollte Brodor hin? In dieser Welt fiel er auf, wie ein – was auch immer – Käfer? in einem Becher voller Flöhe.

"Bitte, nicht so schnell." Wie sollte er den Robenträger ansprechen? Herr? "Herr." Die Schmerzen in den Knien waren noch schlimmer geworden.

"Ich heiße Naeg. Sag Naeg zu mir."

"Naeg." Brodor probierte diesen Namen und es ging. "Seid Ihr ein Krieger?"

"Nein. Ich bin ein Magier aus Geadir. Auch Du stammst von dort." Geadir? Irgendwie kam ihm der Name bekannt vor. Aber er hatte kein Bild davon, keine weitere Erinnerung. Naeg verlangsamte seinen Lauf, so dass Brodor aufschließen konnte. "Komm. Wir sollten eilen. Wir - du beginnst aufzufallen." Naeg grinste. "Hier entlang."

Sie liefen jetzt über einem Weg, der zu einer kleinen Bogenbrücke führte, die einen winzigen Bach überquerte. Dahinter stand ein bescheidenes Haus mit umlaufender Veranda. "Dort werden wir wohnen. Und Du wirst uns helfen."

"Werde ich das?"

"Worauf Du wetten kannst!" Naeg lachte. "Denn Du willst es."

Naeg hat recht. Ich will es. Kann dieser Magier Gedanken lesen, Gefühle erspüren? Vielleicht kann er mir helfen, zu erkennen, wer ich bin. Wo ich herkomme. Geadir? Wo und was ist Geadir?

Sie gingen in das Haus. Ein quadratischer Raum nahm sie auf, von dem aus in alle Richtungen Türen abgingen. Er war leer, bis auf eine Porzellanvase. Brodor gefiel sie. Die Form, die schneeweiße Glasur und die Bemalung in grüner Farbe. Sie zeigte eine liebliche Landschaft, und Brodor war es, als sei er dort schon einmal gewesen.

Der Flur, den sie jetzt betraten, ging zur hinteren Hausseite. Am Ende des Ganges blieb Naeg stehen. "Das hier ist Dein Zimmer. Hier wirst Du wohnen." Er erklärte ihm die Funktion einer Küche und eines Abortes, sowie des kleinen Bades. Brodor staunte. *So leben also die meharr, die Unwürdigen! Und ich darf nun auch wie ein Unwürdiger leben. Scheinbar habe ich kein Problem damit.* Sie gingen zurück und befanden sich in einem Zimmer mit Blick durch ein wandgroßes Glasfenster auf den Garten. Die Flügel des Fensters waren weit geöffnet, Sonnenlicht strömte herein und frische Luft. Ein niedriger Tisch stand in der Mitte und um ihn lagen schlichte Kissen. Die Wände waren mit Szenen aus dem Leben der Dragune bemalt.

"Hier versammeln wir uns jeden Morgen. Die Fürstin, mein Freund Lubomir und einige Generäle und ab jetzt auch Du", er tippte Brodor gegen die Brust,

"Und wenn ich fliehe?"

Naeg lachte. "Das wirst Du nicht tun, wenn Du erst einmal mit unserer Fürstin gesprochen hast."

Zuerst war Brodor erschüttert. Er hatte mit dem Leben abgeschlossen, und nun dieses; Ein Dach über dem Kopf, saubere Kleidung, täglich drei-, viermal Essen! Nach drei Tagen hatte sich Brodor an den Tagesablauf der Dragune gewöhnt; An das frühe Aufstehen, an die Sauberkeit, die die Drachenwesen beinahe manisch pflegten, den regelmäßigen Tagesablauf. Er wusch sich jeden Morgen und am Abend vor dem Schlafengehen, hatte gelernt den Abort zu benutzen und er hatte sogar schon zweimal gebadet! Man gab ihm ein Unterhemd, einen schlichten blauen Kimi, erklärte ihm, wie er einen Lendenschurz anzulegen hatte und wie Sandalen zu schnüren sind. Es gab – endlich - genug zu essen und zu trinken! Nicht diesen grauen Fraß aus einem rostigen Kochtopf und übelriechendes Wasser aus einem Bach in der Nähe der Latrine, sondern klares kühles Wasser, süßen Wein. Und Bier mit einem wunderbar milden Geschmack! Was für ein

Leben! Erstaunlich nur, bisher hatte sich niemand um ihn gekümmert oder ihn etwas gefragt. Er hatte auch Lubomir kennengelernt, der sich Mensch nannte, und wie Naeg ein Zauberer war. Das war es!

Einmal war ein General hier gewesen. Jedenfalls schloss Brodor aus der prächtigen Rüstung darauf. Er hatte sich Brodor lange angesehen, den Kopf geschüttelt, mit Naeg ein kurzes Gespräch geführt und war wieder verschwunden.

Brodor hatte nichts weiter zu tun. Also streifte er im Haus umher, und fand ein Zimmer voller Regale, in denen Schriftrollen lagen und Bücher standen. Eines nahm er in die Hand und blätterte darin. Ein Buch? In seinem früheren Leben musste er etwas mit Büchern zu tun gehabt haben. Doch er konnte sich nur sehr nebulös erinnern und die Zeichen in dem Buch nicht lesen. Aber etwas daran kam ihm bekannt vor.

"Ich kann Dir helfen, die Buchstaben zu verstehen", sagte Naeg hinter ihm.

Brodor zuckte zusammen. Schuldbewusst stellte er das Buch zurück. "Mit Zauber?"

"Nein. Das musst Du lernen. Schritt für Schritt", Naeg lachte freundlich.

"Das würdest Du tun, Naeg?"

"Ja."

"Gleich?"

Am späten Nachmittag hockten sie immer noch vor einem niedrigen Tisch wo Naeg ihm die Buchstaben und Zeichen erklärte. Und als die Dunkelheit einbrach, konnte Brodor kurze Sätze lesen und verstand, was gemeint war. Und staunte. Was hatte der HERR mit mir gemacht? Hatte er ihm seines Gedächtnisses beraubt? Er fragte Naeg.

"Das kann sein, Brodor. Ich war vor Jahren bei ihm gefangen."

"Du?"

Naeg nickte. "Ich war sein Diener, wie Du."

"Lebe ich deswegen noch?"

Naeg drehte sich zur Seite. "Vielleicht."

"Wie, vielleicht?"

"Ich habe etwas in Dir gesehen, Brodor. Etwas, dass auch ich verspürt hatte, damals. Zweifel, Angst und Wut."

Brodor schwieg. Er stand auf, lehnte sich mit dem Kopf gegen die Schiebetür zur Veranda und atmete tief ein. "Angst? Zweifel?"

"Angst und Wut führen in die Finsternis. Aber Du hast die Chance zum Licht zu gelangen. Freiheit, keine Zweifel. Du hast nichts oder viel zu verlieren Du musst Dich entscheiden. Du kannst uns helfen, Brodor."

"Ich? Ausgerechnet ich sollte euch helfen

können? Ich, der ich mich mit Schuld beladen habe?"

"Du bist ein außergewöhnlicher Krull. Du bist intelligent, nicht so dumpf, wie die anderen."

Das Gespräch wurde Brodor unangenehm. Er musste nachdenken. Dazu brauchte er Zeit. "Ich bin müde, Naeg."

"Verstehe. Wenn Du wieder mit mir reden willst, ich bin nebenan. Jederzeit für Dich da."

SABU

Immer noch stieg Rauch aus dem Loch. Aber der Feind verhielt sich still. Nichts geschah. Es war, als habe er sich eingerichtet, auf Dauer vor Somo stehen zu bleiben. Der Holzturm, von dem sie das Lager des FEINDES beobachteten - Sabu, Yukomi, Lubomir und einige Offiziere - war so dicht wie möglich an das feindliche Lager aufgestellt worden. Der FEIND reagierte nicht darauf und auch nicht auf die Beobachter, die regelmäßig darauf standen und angestrengt hinübersahen. Yukomi hatte gehofft, mehr erkennen zu können, doch das war ein Irrtum. Der

FEIND sorgte für einen stetigen Nebel. Sie versuchten mit ihren Blicken den Dunst zu durchdringen, doch alles was sie erkennen konnten, waren Schemen, die sich bewegten oder stillstanden.

Sabu war, seit sie gesehen hatte, dass sich der FEIND im Boden zu schaffen machte, mehr als besorgt. Sie fragte sich, was, bei den Göttern, der FEIND dort tat, und sprach die Frage laut aus. Und ergänzte: "Wir müssen es erkunden. Aber wie?"

"Ich habe endlich eine Lösung, Fürstin." Lubomir holte aus seiner Tasche eine Schachtel.

"Wollt Ihr mit Schachteln werfen, Lubomir?" Sabu lachte.

Er öffnete den Deckel und holte eine handtellergroße Libelle hervor. "Damit, Fürstin, werden wir sehen und hören können." Er hielt sie auf der flachen Hand und sang einen Spruch. Die Libelle begann, mit den Flügeln zu schlagen. Sie erhob sich surrend in die Luft und flog zum Lager des Feindes. "Seht her, Sabu-oiiya." Im Deckel der Schachtel erschien ein Bild. Sabu erkannte, dass sie mit den Augen der Libelle sah. "Wie lenkt Ihr die Libelle?"

"Mit Magie, Fürstin." Er bewegte die Finger der rechten Hand, an denen goldene Ringe steckten. "Seht, so geht das."

Die Libelle flog jetzt dicht über dem Boden. Sie erreichte das Ufer des Somo, stieg am anderen Ufer höher, denn sie musste einen schmalen Waldstreifen überfliegen. Endlich konnten sie das Lager des Feindes aus nächster Nähe sehen; Zelte aus groben Leinen oder Fellen, zwischen denen sich schwarze Gestalten bewegten. Die Libelle umflog einen Pferch mit riesigen Pferden. Sie sank wieder, bis sie sich dicht über den Boden befand. Ein Trupp Krieger kreuzte ihren Weg. Die Libelle umflog leise summend den marschierenden Haufen. Lubomir ließ den Minispion steigen, um sich zu orientieren. Er korrigierte den Kurs der Libelle, bis sie das rauchenden Loch sahen. „Dort ist es!", rief Sabu.

Wieder überflog die Libelle das Lager. Rechts von ihr lag das Zentrum mit dem schwarzen Zelt des FEINDES und der Palisadenzaun. Sabu flüsterte, als könne sie der FEIND hören: "Können wir auf dem Rückweg die Palisaden …"

Lubomir nickte. "Ich würde mir das auch gerne aus der Nähe ansehen. Wenn wir nicht vorher entdeckt werden."

Sie hielten jetzt die Köpfe dicht beieinander wie Verschworene. Die Libelle näherte sich dem Loch in der Erde. Lubomir ließ sie wieder steigen, denn drumherum standen unbeweglich Dragune, dicht an dicht. "Bei den Göttern, was ist das?", entfuhr es Sabu, und Lubomir stöhnte auf. Dann schwebten sie über dem Loch. Zwischen den Rauchschwaden erkannten sie einen riesigen, tiefen Schacht. Sie sahen Stiegen aus Holzbalken, ellenlange Leitern in die Tiefe, Balustraden, schwebende Laufstege. Dazwischen Feuerstellen, und Unmengen Krulls, die sich hin und her bewegten, scheinbar ohne Sinn und Ordnung. Aus dem Loch tönte ein infernalischer Lärm von geschlagenem Eisen, lautem Geschrei, zischendem Dampf und dem Gemurmel hunderter Stimmen.

Lubomir ließ die Libelle durch den Rauch tiefer sinken. "Hoffentlich fallen wir nicht auf", flüsterte er. Die Libelle hatte den Boden des Loches erreicht.

"Das ist eine riesige Schmiede." Sabu stöhnte leise. "Sie produzieren Waffen in ungeheuren Mengen."

"Und nicht nur das, Fürstin, seht!" Er war jetzt in eine Kaverne geflogen. An den Wänden flackerten Fackeln und beleuchteten eine gespenstische Szenerie; Oberhalb der langen, geraden Laufstege, auf denen Gruuls geschäftig hin und her liefen, befanden sich Öffnungen in der Wand. Sie besaßen einen flachen, kreisförmigen Rahmen, doch gingen sie wahrscheinlich tiefer in die Wand. Innerhalb der Rahmen waren sie mit einer lederartigen Haut verschlossen, die sanft bebte, als würde das Innere atmen.

"Da, seht, Fürstin!" Yukomi, der hinter der Fürstin und Lubomir stand, zeigte auf einen *Gruul*, der eben mit einem Messer die Haut anschnitt. Eine trübe Flüssigkeit schoss aus der Öffnung über den Laufsteg auf den Boden des Ganges. Dann folgte eine Hand, dann noch eine und dann riss die Haut gänzlich auf. Auf einem Strom dunkler Flüssigkeit glitt brüllend ein Krull aus der Öffnung und landete auf dem Boden. Gleich mehrere *Gruuls* kümmerten sich sofort um den Krull, hoben ihn auf und führten ihn den Gang entlang weg in die Dunkelheit. Die Gemeinschaft auf dem Turm sah sich angewidert an.

"Das ist also die Geburt eines Krulls?" Selbst Brodor, der wie selbstverständlich zu der Gruppe getreten war, machte große Augen."

"Wusstest Du das?", fragte Yukomi.

"Nein, Herr, ich hörte nur davon, dass diese - Dings - aus der Erde kriechen."

"Daher rührt der FEIND sich nicht", stellte Lubomir sachlich fest. "So erschafft er die Krieger."

Sabu schüttelte sich angeekelt. Yukomi, den der Abscheu noch im Gesicht stand, straffte sich: "Wir müssen die Initiative ergreifen, meine Fürstin." Inzwischen war der Krull von einem der

Gruuls tiefer in die Kaverne geführt worden. Lubomirs Libelle folgte ihm leise summend. Etliche Schritte tiefer passierten sie einen Durchgang in eine weitere Kaverne. Lubomir liess die Libelle steigen.

"Götter!"

Die Kaverne war riesig. Bis weit in die Dunkelheit standen hier Schulter an Schulter Krulls in voller Rüstung. Sie bewegten sich nicht, und als Lubomir die Libelle dicht über die Reihen der Unholde kreisen lies, sah es aus, als schliefen sie tief.

"Das sind mehr als nur ein paar Tausend!" Yukomi schüttelte den Kopf. "Wir müssen handeln, das ist klar!"

"Der Kerl produziert Krulls in Massen!" Yukomis Blick war starr auf das Abbild der Kaverne gerichtet.

"Er ist ein Nekromant. Deshalb entvölkert er das Land, wo er durchkommt, weiträumig. Er sammelt Körper!" Lubomir beschrieb, was den gefangenen Dragunen – und den saru – bevorstand.

"Das kann ich nicht glauben!", Sabu sah Lubomir an.

"Wartet ab, Fürstin. Hier seht!"

Die Libelle flog jetzt einen langen, dunklen Gang entlang. An einer Einmündung hielt

Lubomir die Libelle an. Krulls mit Holzkarren voller lebloser Dragune schleppten sie in die eine Richtung, aus der anderen kamen sie leer, aber schwarz von Blut wieder zurück und verschwanden in den Tiefen der Höhle.

"Sie schlachten Dragune?" Yukomi war blass geworden.

"Ja. Mit einem dunklen Zauber verwandelt er die Teile in Untote und nennt sie Krulls."

"Aber Brodor ist auch ein Krull!?"

"Brodor ist ein sogenannter Eigeschlüpfter. Früher züchtete man Krulls aus den Eiern von Dragunen[7], die in den riesigen Höhlen der schwarzen Zauberer als Sklaven gehalten wurden. Das ist eine Ewigkeit her und eine lange Geschichte. Brodor ist uralt, mindesten fünftausend oder sogar noch mehr Jahre. Immer wieder lag er in einem tiefen Schlaf und alterte nicht." Lubomir sah in die Runde. "Er war auch

---

[7] Der schwarze Magier Ma'aga'rogg züchtete schon vor vierzehntausend Jahren aus den Eiern von Drachen und menschlichem Samen Kunstwesen, die er schon damals Krulls nannte und die ihm als Sklaven dienen sollten. Lange Zeit ging das auch gut, bis die Ur-Krulls einen Aufstand wagten. Ma'aga'rogg änderte die Zusammensetzung, so dass die „Neuen" Krulls eher den Dragunen glichen als den Menschen. Es ist anzunehmen, dass Brodor zu einer der ersten Züchtungen gehört, denn praktisch waren des Zauberers Kreationen nicht nur intelligent, sondern schienen sogar unsterblich oder sehr, sehr langlebig zu sein.

nichts anderes als ein armer Sklave der finsteren Mächte. Ich werde gegen diese Nekromantenfabrik etwas tun. Ich gehe hinein, und werde sie zerstören."

"Und ich komme mit", sagte Brodor, "Ich habe noch ein Hühnchen zu rupfen, mit dem HERRN." Und obwohl die Lage so ernst war, lächelten alle.

TAICHI

Kamino schilderte umfang- und wortreich dem Auditorium die Situation in Yukokoshima. Als er geendet hatte, herrschte Schweigen. Die Herren sahen sich und ihre Berater an, zuckten mit den Schultern oder sahen zu Boden. Taichi spürte, sie brauchten eine Pause, um das Gehörte zu verdauen und sich miteinander abzusprechen. Er entschied sich für zwei Stunden. Dann hatten sie genug Zeit zum Schwätzen, Intrigen zu spinnen und sich der Gefahr, in der sich Sini befand, *vielleicht* bewusst zu werden.

Ausserdem war er noch nicht mit Miri fertig, das ging vor! Taichi sprang von seinem Sitz auf und eilte zu seinem Ruheraum.

Anderthalb Stunden später klopfte Komoi an die Tür. "Herr?"

"Geht schon vor, Komoi!", rief Taichi. Er verdrehte die Augen. "Schreibt mit, was die Herren von sich geben. Lass sie Vorschläge machen. Das fällt ihnen leichter, als wenn ich zugegen bin." Taichi grinste breit. "Ich komme später nach. Vielleicht in einer halben Stunde", rief er durch die verschlossene Tür. Komoi vor der Tür nickte. Kimi war noch in Taichis Zimmer. "Sag ihnen, ich habe noch dringende Geschäfte zu erledigen."

Doch Komoi war noch nicht fertig. "Tonoo?"

Taichi schreckte hoch. "Bleib liegen!", zischte er Miri wütend an.

"Was, bei allen yomi[8]!?" Taichi war jetzt wirklich wütend!

"Unser Spion ist zurück."

"Kann warten." Taichi zog Miri das Tuch vom Körper, mit dem sie sich schnell bedeckt hatte. "Weiter", flüsterte er und Miri seufzte und streckte sich lüstern. Sie war schließlich eine erfahrene Joseyji.

"Tonoo?" Es klopfte wieder.

---

[8] Dämonen

Wütend schoss der *hikoshu-sham* hoch und zur Tür. Er riss sie zur Seite. "Waas, verdammt!"

Sekretär Komoi kannte seinen Herrn und hielt ihm gelassen eine Rolle Papier entgegen. Er wies mit den Augen darauf: "Wichtig." Dann glitt sein Blick zu Miri und er schnalzte mit der Zunge. Diesmal war Miri unbedeckt und fläzte lasziv auf der Schlafmatte.

Taichi griff nach der Schriftrolle, riss sie Komoi aus der Hand. "Wehe, wenn …!" drohte er. Der tonoo riss das Siegel auf, und überflog mit den Augen das Geschriebene. "Du kannst sie haben." Knurrend hob er den Kimi auf, legte ihn sich über die Schultern. "Wo steckt der Kerl?" Er bekam keine Antwort, Komoi war bereits mit Miri beschäftigt.

Kopfschüttelnd lief Taichi den Gang hinunter zu seinem Arbeitszimmer. Dort wartete der Spion aus Somo. "Nun?", fragte Taichi beim Eintreten.

"Tonoo." Der Spion kniete am Boden und drückte den Kopf gegen den Boden.

"Lass den Quatsch. Setz Dich hin und berichte." Taichi schnippte mit den Fingern. Ein *saru* erschien. "Etwas zu trinken und einen Imbiss." Er hielt das Papier in die Höhe. "Von wem stammt das?"

"Einer meiner -", der Spion machte eine kurze Pause, "Mitarbeiter - hat es verfasst."

"Woher weiß er das alles?"

"Er befindet sich in unmittelbarer Nähe der Fürstin, tonoo." Er hatte zuerst an sich selbst gedacht, sich dann doch für eine Dienerin der Fürstin entschieden. Es war schwer genug gewesen, die Dame in diese Position zu lancieren und sie zu "überzeugen" für ihn zu arbeiten. Er half nach, indem er sie mit einer Lappalie, die die Dame angeblich begangen hatte, erpresste. Seitdem lieferte sie regelmäßig Informationen aus Sabus Haus.

"So? Und der Name?" Taichi dachte an einen Diener oder eine Zofe.

"Verzeiht Herr. Aber ich gebe niemals den Namen meiner Leute preis."

"Und wenn ich es Dir befehle?"

"Keine Chance, tonoo." Der Spion verneigte sich tief.

"Folter?" Taichi grinste. Doch der Spion schüttelte mit großem Ernst den Kopf. "Hm. Egal. Was interessiert mich ein Name. Das Ergebnis zählt." Taichi strich das Papier glatt und las mit gerunzelter Stirn. "Sie hat sich einen *was* ins Haus geholt? Einen *Krull*? Wozu?"

"Eines von diesen Dingern, die der FEIND auf sie gejagt hatte."

"Was das ist, das weiß ich!"

Der Spion hob die Schultern. "Wer kann die

Gedanken einer Draguna deuten, Herr? Der Kerl wurde irgendwo hinter Fuko gefangen genommen. Soll ein hohes Tier gewesen sein."

Taichi schnaufte. "Ein hohes Tier? Offizier, oder was?"

"Ich werde es herausbekommen, tonoo."

"Ja, tut das. Ich möchte wissen, mit wem diese Dame sich jeden Tag abgibt."

"Denkt an die beiden saru, die ständig um sie herumscharwenzeln! Angeblich sollen es Zauberer sein."

Taichi schob die Unterlippe vor. "Ist mir alles längst bekannt. Es sind welche! Sie stammen aus Higashima." Er winkte lässig ab.

"Ein nicht zu akzeptierender Bruch der Tradition und der Vorschriften, Herr", echauffierte sich der Spion

"Ja, natürlich." Es klang gelangweilt. Und es war auch so. Wegen der paar Informationen brauchte ihn sein Spion nicht von Miri wegzuholen!

"Außerdem hat sie auch Ritter aus aller Herren Länder bei sich." Taichi seufzte. Eigentlich berichtete sein Spion nichts wesentlich Neues. Und wenn sie sich ein Spielzeug, wie diesen Krull, ins Haus holt, ist es ihre Sache – Oder? Nein, sie verstieß sie gegen die Tradition und gegen das Gesetz! Und das war, in Taichis Augen gefährlicher als der Überfall des FEINDES. Sie hatte allemal den Tod verdient! Diese neue Situation, die politische Stimmung rundherum, die die Herren Sinis irritierte oder aufwachen lies und Begehrlichkeiten weckte. Sabus Tabubruch, den es seit tausend Jahren nicht mehr gegeben hatte, kann den Status quo in Sini destabilisieren! Sie machte sich mit sarus, mit Higashimati, Zauberern, mit Geringen wie diesen Kamino und nun auch mit dem Feind gemein! Sie durchbrach die traditionellen Schranken der Dragungesellschaft! Sie interessierte sich nicht für Stand oder Herkommen. Entweder war sie unglaublich schlau oder dumm. Und nach einigen Sekunden der Überlegung war Taichi überzeugt, dass Sabu außerordentlich schlau sein musste. Nie hätte sie überlebt, wenn sie sich nicht zuverlässige Helfer genommen hätte, egal wer sie sind oder wo sie herkommen. Hätte er auch so gehandelt? Sicher war er sich nicht. Andererseits, was nutzt das Festhalten an althergebrachten Werten, wenn sie sinnentleert und nutzlos sind?

Der Spion brauchte neue Befehle und Taichi Zeit, nachzudenken. "Ihr geht zurück nach Somo. Findet heraus, was Sabu vorhat. Ob sie einen Angriff plant oder ob sie abwartet und so weiter. Mit wem sie sich noch umgibt. Ihr wisst schon." Taichi wedelte mit den Händen. "Brecht auf, unverzüglich." Er wartete nicht ab, bis der Spion mit seiner Verneigung fertig war. Ohne sich weiter zu kümmern, sprang Taichi auf und lief eilig zu seinem Ruheraum. Miri wartete!

Das Glöckchen, dass das Ende der Pause verkündete und die Herren der Familien zur Fortführung des hikoshi-ugoki rief, erklang zum zweiten Mal. Taichi seufzte. "Bleibt Ihr heute?", fragte er Miri.

"Wenn es Euer Wunsch ist, tonoo."

"Vielleicht wird es spät. Dann bringt noch eine Freundin mit."

Mürrisch begab er sich zum *Saal der weisen Gedanken*. Die Sitzung ging weiter, und er langweilte sich schrecklich! Gerede, Geschwätz, hohle Worte! Wenn es nach ihm ginge, würde er sofort losschlagen! Nur, gegen wen?

SABU

"Wo steckt eigentlich Ken'ichi?" Sabu sah sich suchend um.

"Er wollte in der Stadt noch etwas besorgen."

Hoboke stellte eben Trinkschalen auf das kleine Tischchen, an dem sie zumeist frühstückten. "Vielleicht treibt er sich wieder in einem der Häuser der Weidenruten herum und hat die Zeit vergessen", brummte er dabei unzufrieden. Er ging nach nebenan. Wenig später kam er mit einem Kännchen heißen Wassers zurück. "Dann können wir ja auch ohne ihn anfangen."

Wie jeden Morgen, seit die Gefährten in Somo weilten, hockte die kleine verschworene Gemeinde beim Frühstück und besprach den kommenden Tag. Kein anderer war zu dieser Runde zugelassen. Kamino fehlte, er befand sich in Tomichi als Gesandter Sabus und Ken'ichi, der ansonsten immer der erste war.

"Was nun? Warten wir auf Ken?" Sabu kümmerte sich nicht um Hobokes Gebrumm. Schweigend begannen sie ihr Frühstück, bis Lubomir leise sagte: "Langsam mache ich mir Sorgen."

"Geh, Mosaru, und erkundige Dich bitte nach Ken." Mosaru nickte leicht mit dem Kopf, stand auf und ging leise zur Tür. "Esst nur weiter. Es wird nicht lange dauern", sagte er, als er die Schiebetür öffnete und hindurchschlüpfte.

Sabu griff zu, begann einen *ringo* in kleine Stücke zu schneiden. Sie sah in die Runde. Auf Mosarus leeren Platz. Mosaru, stämmig, meist still, blitzschnell mit dem Schwert, ein Freund und Liebhaber der Drachen, war ihr zutiefst ergeben. Ihm zunächst saßen Lubomir und Naeg, die Zauberer aus Higashima. Sie würden sich für sie in Stücke hacken lassen, dessen war sich Sabu sicher. Und dass derjenige, der es an ihr versuchen würde, der wäre, der in Stücke gehackt werden würde. Der nächste in der Runde, Drac Saboke, von ihr zum Ritter berufen. Ohne Zweifel ihr und der Sache, den FEIND zu vernichten, ohne Bedingungen zugewandt. Neben ihm saß der heute finster blickende Hoboke. Sie wusste, dass er ebenso in sie verliebt war, wie Ken'ichi. Aber stiller, nicht so auffällig. Ob er ihr beistehen würde, bedingungslos sein Leben für sie opfern? Sabu nickte still in sich hinein. Er war Ritter durch und durch. Für ihn galt ein Schwur, als dass was er war. Aber Ken? Ein unbestimmtes Gefühl für Gefahr, der Eindruck der Unzuverlässigkeit ging von ihm aus. Vielleicht lag es an seinen ausgezeichneten Kampfkünsten, die er in vielen Übungen immer wieder bewies, der Sabu viele Kniffe beigebracht hatte, auf ihrer unerwünschten Wanderschaft nach Somo. Und der kalten Reaktion danach. Sein Blick, als sie ihm deutlich zu verstehen gab, dass es mit ihnen nichts werden wird. „Es tut mir leid, aber zwischen uns *ist nichts*!" Das war deutlich. Er schien es aber nicht begriffen zu haben,

Seine Art, mit ihr zu sprechen, sie so intensiv anzusehen. Sabu spürte Druck in der Bauchgegend, wenn sie an Ken dachte. Schräg gegenüber saß der Krull, Brodor hieß er, den Naeg ihr abgeschwatzt hatte. Sogar er durfte in diesem erlauchten Kreis sitzen. Doch er schwieg und sah Sabu stetig an. Was sie auch sagte, er hing an ihren Lippen. Er erlernte eben ihre Sprache, war offenbar klug, schien sogar gebildet. Auch er würde sich für sie in Stücke hacken lassen, obwohl er sein Leben Naeg verdankte. Nun gut, sie hatte es toleriert, weil Naeg überzeugt war, dass Brodor anders war als die anderen Krulls. Und, sauber gewaschen, im Kimi, ein dunkelrotes Tuch um die Stirn und Sandalen an den Füßen, sah er nicht mehr so abstoßend aus. Yukomi, ihr Heerführer und Retter aus dem Kloster, saß gleich rechts neben ihr auf dem Ehrenplatz. Er tat das, was man als Soldat tat in schwierigen Situationen: er griff kräftig zu, trank seinen *tchai* in kleinen Schlucken und nickte. Irgendwie schien er es erwartet zu haben.

Mosaru blieb zu lange weg.

"Gut." Sabu hatte einen Entschluss gefasst. "Wir werden Ken'ichi suchen." In diesem Moment trat Mosaru ein. Alle sahen ihn gespannt an.

"Nun?"

Gelassen nahm Mosaru Platz. Er griff nach einem Stück Backwerk, einem keegi-og[9], und biss kräftig hinein. Alle warteten ungeduldig, doch erst, als er aufgekaut hatte, sagte er: "Is' weg. Ken." Und als er die fragenden Gesichter sah, ergänzte er: "Die Wachen haben ihn gesehen. Die am Nordtor."

"Und?"

"Er ist auf seinem Pferd gesessen. Mit Sack und Pack, sagten sie." Mit einer Geste wies er nach Westen. "Und weg war er."

"Sie haben ihn nicht gefragt?"

"Warum sollten sie. Er ist ein Drac." Und fügte hinzu: "Und ein Spion. Ich hab' mir das schon immer gedacht."

"Wie kommst Du darauf, Mosaru. Ken hat einen Schwur auf Hita geleistet." In diesem Kreis sprach man sich nicht in der dritten Person an. Sabu bestand darauf. Es vereinfachte die Kommunikation. Saboke legte die Hände auf die Knie. "Er hatte seinem Vater versprochen, Yukokoshima auszuspionieren, damit er mit seinem Heer hier einmarschieren kann."

Sabokes Ruhe brachte Hoboke auf. "Was, bei allen Geistern der Unterwelt … Warum hast Du

---

[9] Eine Art Brötchen

…?"

Saboke verneigte sich tief. "Er war mein Lehnsherr. Ich hätte ihn nie offen verraten dürfen, versteht ihr?"

"Und du, Saboke?" Sabu sah ihn an.

"Ich diene nur Euch, Herrin." Er richtete sich auf. "Ihr zeigt mir, dass unser Leben in Sini anders sein kann, offener, fröhlicher, sinnvoller. Ich, ich – liebe – Euch, Herrin - wie meine Mutter."

Da schlug Mosaru Saboke auf die Schulter. "Wenn das so ist, Saboke, holen wir uns den Kerl!" Schon wollten sie aufstehen, als Sabu sie zurückhielt. "Was will Ken im Norden?"

"Nach Tomi! Zum Hikoshu-sham." Es war Yukomi, der den Satz einwarf.

"Das glaube ich nicht." Saboke sah in die Runde. "Er wird einen Bogen schlagen und zurückkehren, zu seinem Vater."

"Bringt ihn mir." Sabus Haltung war jetzt die einer Herrscherin und ihre Stimme metallener als der härteste Stahl.

"Wir bringen ihn Dir. Tod oder lebendig."

"Lebendig, Saboke, lebendig."

TSAKUSI MORI

Wakanabe Masariu hasste diese Stunde der Wache. Kurz vor Sonnenaufgang war die Nacht am tiefsten, fand er. Es ist die Zeit der bösen Geister, der Alpträume und in der die Gedanken seltsame Wege gehen. Jeder vernünftige Dragun schlief jetzt tief und fest. Er gähnte herzhaft, bis ihm die Tränen aus den Augen traten. Müde versuchte er das überflüssige Wasser wegzublinzeln. Zwischen den Schlieren glaubte er auf dem Meer eine Bewegung zu erkennen. Hecktisch suchte er nach einem Tuch oder Lappen. Er griff hinter sich, zog den Umhang nach vorn und wischte sich die Tränen aus den Augen.

Wieder meinte er eine Bewegung gesehen zu haben. Ein großer Fisch! Solch ein Riesentier, dass, wenn es aus dem Wasser auftaucht, eine Fontäne ausspie. Und dann mit imposanten Bewegungen seines Schwanzes wieder in die Tiefe verschwand. Von diesen gab es viele hier. Es schien im Herbst genug Futter zu geben. Masariu stutzte. Es war doch gar nicht Herbst, sondern noch Frühjahr! Was taten diese, wie hießen sie doch gleich? Okame! Richtig! Wie der Wachhabende, Yukio Okame. Schon witzig.

Also, was taten sie um diese Zeit hier? Hinter ihm ging die Sonne auf. Das Meer wurde hell. Und auf dem Wasser schwammen etliche Okami. Mit Rudern an den Seiten? Jetzt war Masariu munter. Das waren keine Wale! Das waren Galeeren! Ganz sicher feindliche, denn sie kamen aus dem Süden!

Masariu rannte den Postenweg hoch, zu einer Klippe, auf der eine Eckwarte über die Kante der Klippe hinausragte. Er beugte sich weit aus dem Fenster. Ja, das waren Kriegsgaleeren, die eilig nach Norden fuhren. Dort lagen der Fischereihafen Kajabe, und einige Meilen weiter der Kriegshafen Kimchak. Auf den Galeeren waren keine Flaggen gesetzt. Es war nun hell genug, um das zu erkennen. Das genügte Masariu. Gleich hinter der Eckwarte war ein Pfahl in den Boden gelassen, an dem Eisenstangen hingen. Mit der kleineren schlug Masariu gegen die große. Es gab einen hellen Klang. Klanck, klangklanck. Klanck, klangklanck. Da hörte er auch die Weckrufe. Die Burg higoshi erwachte. Masariu ging zurück und beobachtete die Galeeren weiter, die unbeirrt ihren Kurs verfolgten. Er hörte noch ein leises Rascheln und wollte sich umdrehen. Aber das Letzte, was er spürte, war eine Hand, die ihm den Mund zuhielt und den kalten Stahl einer Messerklinge an seinem Hals.

Fürst Mori kochte vor Wut. Es war ihm nicht gelungen die Burg *higoshi* im Handstreich einzunehmen. Entweder waren die Galeeren zu spät losgefahren oder – er wusste es nicht. Als er von seinem Gefechtsstand aus den hellen Klang der Alarmglocke hörte, erkannte er, dass sein Plan gründlich danebengegangen war. Dann eben Plan B, dachte er und richtete sich auf die Belagerung der Burg ein. Er erteilte seinem Adjutanten den entsprechenden Befehl. Das dumpfe Gefühl, etwas nicht richtig zu machen, beschäftigte Fürst Mori, seitdem sie ausgerückt waren. Doch sein Herr, Fürst Yomotabe von Kasumi, hatte ihm kategorisch befohlen, *higoshi* zu erobern, die Hafenstadt Kimchak zu forcieren und zu halten. Einen Tag bevor er nach Tomi zum *hikoshu-ugoku* abgereist war. Moris Einwände wischte Yomotabe mit einer Handbewegung beiseite. "Macht Euch unverzüglich auf den Weg!"

Stunden später ritt er mit seinen beiden Adjutanten und einer Eskorte von zwölf Gardisten an den Stellungen des Belagerungsringes vor *higoshi* entlang. Sie waren sinnreich angelegt, und er hätte zufrieden sein können. Aber das Gefühl, einen Fehler begangen zu haben, blieb. Er kannte das zweite Axiom des sinischen Reiches: Die Grenzen sind heilig!

Was er getan hatte – auf Befehl seines Herren – bedeutet den Tod! Doch hätte er sich dagegen gewandt, hätte das ebenso seinen Tod bedeutet. Und den seiner Familie, weil er einen Befehl des Fürsten verweigert und die Ehre verloren hatte. Er befand sich in einer Zwickmühle und tat was befohlen war.

"Übermorgen versuchen wir einen Sturm auf die Burg." Er sagte es wie nebenbei, so dass ihn seine Begleiter erstaunt ansahen. Aber in Moris Gesicht konnten sie keine Regung erkennen. Sie wussten um den Konflikt des Fürsten und die Alternative: Tod oder Tod. Gab es noch eine andere?

Offenbar hatte Mori die Alternative gefunden. Als der Sturm auf die Burg begann, war er in der ersten Reihe. Er feuerte die Gruppe um den Rammbock an, half, ihn gegen das Tor zu wuchten, und als – endlich – das Tor brach und offenstand, stürmte er voran, schlug mit dem Schwert die Verteidiger in Stücke. Doch die Verteidiger obsiegten. Das letzte, was seine Kämpfer noch sahen, bevor das Tor sich wieder schloss war, dass Mori unter dem Haufen feindlicher Krieger verschwand.

Enttäuscht zogen sich die Angreifer zurück in ihre Stellungen.

"Dieses Desaster hat Mori zu verschulden!" Kasoko lief unruhig hin und her. Er, der Kommandeur der Bogenschützen, war besonders betroffen, denn er hatte keine Gelegenheit gehabt, seine Leute einzusetzen. Mori griff an, bevor sie die Stellungen vor den Mauern einnehmen konnten. Da bestrichen die Feinde schon das Vorfeld mit ihren Pfeilen und Steinschleudern und etliche seiner Schützen fielen. Und als sie endlich ihre Ziele ausgemacht hatten und bekämpfen wollten, war der Kampf vorbei. Wütend, jedoch geordnet, zogen sie sich zurück. Und Kasoko blitze Moris Sohn Moriko an, als habe er Schuld an dem Dilemma.

Tsakuso Moriko war jetzt Fürst des kleinen Lehens Kita-Kasu, das Mori von Yomotabe für einige gute Ratschläge und viele Jahre Spionierens in Yukokoshima erhalten hatte. Der Vorwurf des Hauptmanns traf ihn persönlich. Denn er war nicht nur Erbe des Landes, sondern auch der Stellung, die sein Vater innegehabt hatte. Er erhob sich aus dem Klappsessel, den sein Vater zu jeder Reise mitnahm und der jetzt ihm gehörte, wie der Fürstentitel. "Kasoko, mäßigt Euch."

"Wie soll ich das können? Wenn Euer Vater nicht –" Er stutzte, trat nahe an Moriko heran, fasste ihn fest ins Auge und flüsterte: "Ich gehe doch nicht fehl in der Annahme, dass Euer Vater den Tod gesucht hat?"

"Wie kommt Ihr darauf?"

"Denkt nach, Moriko. Denkt nach." Mit großen Schritten ging Kasoko aus dem Zelt des Fürsten, und ließ einen nachdenklichen Moriko zurück. "Ihr könnt gehen, meine Herren", sagte er zu den noch anwesenden Kommandeuren. Als er allein war, sah er sich im Zelt um. Zum erstem Mal nahm er das Innere richtig wahr; das Feldbett mit der zerwühlten Decke, den umgefallenen Klapphocker, den Kartentisch, die Feldzeichen. Trauer trug er in seinem Herzen und er fragte sich, wie er die Nachricht vom Tode des Vaters seiner Mutter überbringen sollte. Was er sagen sollte. Vater tot oder gefangen? Er hatte auch nur gesehen, wie sein Vater inmitten eines Haufens feindlicher Krieger verschwand. Wenn er nun gefangen genommen worden war und nicht gefallen? Vielleicht gab es noch Hoffnung? Er brauchte Zeit zum Nachdenken, wenn ihm der Feind Zeit dazu ließ.

AMARI

Amari fand das Stück gelben Papiers in seiner Gürteltasche, als er eine Kupfermünze hervorholen wollte. Er drehte sich suchend um, doch es herrschte zuviel Betrieb auf dem Markt. Wer auch immer ihm dieses Papier in die Tasche gezaubert hatte, war verschwunden. Gut so, dachte Amari. Eigentlich brauchte er den Brief nicht öffnen. Solch Papier benutzte nur der Meister der Bruderschaft. Er ahnte, was drinstand: ‚Komm! Unverzüglich!' Mehr nicht. Jedem najano-ko war klar, was diese zwei Worte bedeuteten.

Gelassen steckte er das Papier zurück, kramte nach einer Kupfermünze und bezahlte seinen Einkauf. Immerhin, er hatte die Marktfrau von vier auf eine Münze heruntergehandelt. Zufrieden klemmte er sich den Beutel mit seinem Einkauf unter den Arm, und verließ ohne Eile den Markt.

Zwei Gassen weiter betat er das Gasthaus ‚Zur tiefen Harmonie', trotz des vielversprechenden Namens nur ein billiges Bordell. Die Wirtsfrau kannte ihn. Amari nickte kurz, ging durch die Tür hinter dem Tresen und durch den angrenzenden Flur zur Hintertür. Der Hof war voller Gerümpel, Kisten und Abfall. Doch das war Tarnung. Nachdem Amari eine bestimmte Kiste beiseitegeschoben hatte, fand er eine Falltür. Er sah sich um. Niemand, der von ihm Notiz nahm. Schnell öffnete er die Klappe und schlüpfte hinein. Mit einer geschickt angebrachten Mechanik wurde die Tür geschlossen und die Kiste oberhalb der Falltür bewegte sich wieder auf ihre vorherige Position.

Es war stockdunkel. Amari kannte den Schacht genau. Er rutschte die lange Metallleiter herunter. Unten suchte er aus seiner Tasche ein Feuerzeug hervor und schlug in der absoluten Finsternis einen Funken. In dem kurzen Blitz erkannte er eine Fackel. Aha, da ist sie ja! Noch zweimal musste er schlagen, dann entzündete sich der Zunder und wenig später brannte die Fackel.

Er befand sich innerhalb eines ausgedehnten Tunnelsystems, dass nur die *najano-ko* kannten. Wehe dem Außenstehenden, der je Kunde davon erhalten hatte, er musste sterben!

Hier unten roch es muffig und die Luft war feucht. Vor Amari öffnete sich ein Gang, der mit Mauerwerk gesichert war. Die Sicht reichte nicht weit, weil sich der Gang stetig nach rechts oder links wie eine Schlange wandte. Sofort ging er nach rechts. Anfangs eine Strecke geduckt, dann war der Gang endlich hoch genug, um sich aufzurichten. Der Weg führte um mehrere Ecken und hatte Blindstollen, die tödliche Fallen waren.

Er hatte gehört, dass das Tunnelsystem durch die ganze Stadt verlief und durch das sich nur die *najano-ko* heimlich bewegten. Es soll wohl schon vor tausenden von Jahren von den alten Sini angelegt worden sein, zu Verteidigungszwecken oder um sich zu verstecken. Und nicht einmal die hohen Herren der Bruderschaft der *najano-ko* sollen seine ganze Ausdehnung kennen! Amari kannte nur einen Weg hinein und einem anderen heraus. Mehr durfte er nicht wissen. Und so wusste er nur, wo er langgehen musste, und dass er mehrere Fallgitter unterquerte oder über Fallen stieg, ohne aufgespießt, erstochen oder erschlagen zu werden. Winzige Zeichen an den Wänden oder an der Decke zeigten ihm die Fallen an. Er durfte nur keinen falschen Schritt machen.

In einer Kaverne, von der mehrere Gänge in alle Himmelsrichtungen abgingen, blieb er stehen. Mit den Augen suchte er die Wände ab. Aha, dort war das Zeichen! Eine winzige Spinne. Es gab noch mehr Zeichen, doch die gingen ihn nichts an und waren bestimmt Fallen. Aufmerksam ging Amari weiter. An mehreren Stellen fand Amari diese Spinne, bis er vor einer schlichten Holztür stand. Er hatte keine Ahnung, an welcher Stelle der Stadt er sich befand. Wenn er den Treff wieder verließ, wird er einen anderen Weg durch das Labyrinth nehmen müssen und irgendwo anders in der Stadt herauskommen.

Er steckte die Fackel in einen Halter. Leise öffnete Amari die Tür. Sie ließ sich nur gefahrlos öffnen, wenn er die Riegel in einer besonderen Reihenfolge betätigte. Die Reihenfolge änderte sich jedesmal, wenn er zu den Meistern gerufen wurde, um einen neuen Auftrag zu erhalten. Sie stand auf dem Zettel und er musste sie sich merken, weil der Zettel sofort nach dem Lesen vernichtet werden musste. Immer wieder lief ihm der Angstschweiß über den Nacken, wenn er die Riegel betätigte. Doch auch heute hatte er Glück und die Pforte öffnete sich für ihn geräuschlos. Eine lange schmale Treppe führte aufwärts zu einer weiteren Tür. Schnaufend erklomm Amari die Stiege und stand wenig später in einem dämmrigen Flur, an dessen Ende ein Licht schien. Er war am Ziel: dem Zimmer, in dem er seine Auftraggeber traf, wenn sie einen Anschlag auf eine Person an ihn weitergaben.

Und so war es auch. Die Besprechung mit den Meistern war nur kurz. Man erwartete ihn; Hinter einem niedrigen Tisch saßen drei maskierte Personen in schwarzen Mänteln. Der mittlere von ihnen trug die goldene Kette mit den Symbolen der dunklen Bruderschaft. Amari kniete nieder und verbeugte sich bis zum Boden. Als er sich wiederaufrichtete, legte der Mittlere einen Dolch auf den Tisch. "Tomi Taichi."

Im ersten Moment, nachdem er den Namen gehört hatte, war er verwirrt und erstaunt zugleich. Er hatte die Ehre, die höchste Person Sinis töten zu dürfen! Den eiskalten Schauer, der ihm als Erstes über den Rücken gefahren war, löste ein warmes Gefühl ab. Welche Ehre! Die Götter der Dunkelheit waren mit ihm! Amari nahm den Dolch. Ihm war, als zucke die Waffe in seiner Hand. Ganz sicher wird er dem Tempel der Bruderschaft nicht nur einen Finger, sondern auch den Kopf seines Opfers übergeben! Was der Auftraggeber wohl der Bruderschaft für den Auftrag gezahlt hat? Er verneigte sich noch einmal tief und ehrfurchtvoll vor seinen Herren. Nachdenklich ging er zurück. Unten nahm er die Fackel aus der Halterung und machte sich auf den Rückweg.

Amari hielt sich für einen von den Besten. Vielleicht war er auch der Beste. Sonst wäre nicht er ausgewählt worden. Nie hatte auch nur eines seiner Opfer überlebt. Amari nahm sich die Zeit, die er meinte zu benötigen. Gewissenhaft, wie üblich, bereitete er den Anschlag vor. Er beobachtete sein Opfer, studierte es. Spürte Regelmäßigkeiten auf, die Schwächen und konzentrierte sich auf den entscheidenden

Moment.

Den Hikoshu-sham umzubringen war schon eine besondere Herausforderung und verlangte gute Planung und entschiedenes Vorgehen. Er nahm an, dass der Herr der Herren einen besonderen Schutz um sich hatte und nicht einfach auf der Straße erdolcht (sein Lieblings-Mordinstrument) werden konnte. Und er sollte einen sicheren Fluchtweg planen. Soviel er herausbekommen hatte, war die Burg von außen nahezu unangreifbar. Aber, das sagte ihm seine Erfahrung, von Innen nach Außen geht es immer leichter, sofern er seinen Verfolgern entwischen konnte und die Wachen abgelenkt waren.

Amari war als angeblicher Gehilfe eines Händlers nach Tomi gereist. Eine lange und vor allem teure Reise! Aber, wie er erwartet hatte, fand er in seinem Haus eine wohlgefüllte Kassette mit Gold und Silbermünzen. In einem einfachen, aber sauberen Gasthaus in Tomi fand er ein passendes Zimmer. Angemessen für Drac Kamaro Migoshi, wie er sich jetzt nannte. Die Familie gab es wirklich, sie lebte in Shitash, eine Stadt ganz unten im Süden. Ob es einen Migoshi gab, war ihm gleich. Er beschaffte sich die Kleidung eines Drac und preiswerte Schwerter, die er deutlich sichtbar in den Gürtel seines Kimi steckte. Am gleichen Tag noch ging er zur Burg

Tomi. Am Haupttor behauptete er im Auftrage der Familie dringend mit dem Hikoshu-sham sprechen zu müssen. Das hatte nicht funktioniert, die Beamten am Tor zur Burg wiesen ihn brüsk ab. Der Hikoshu habe Dringenderes zu tun, als sich mit dem Kleinkram eines Provinzvasallen zu beschäftigen. Ob er denn nicht wüsste, dass gegenwärtig ein hikoshu-ugoku stattfände? Wo er denn sei, hatte er gefragt. Na, in Tomichi, dass müsse er doch wissen, als Drac …" Oh, daran hatte Amari nicht gedacht! Er musste sich etwas Neues einfallen lassen.

Am Abend saß er allein an einem Ecktisch und beobachtete das Treiben im Gasthaus. Es lag ein wenig am Rande Tomis, aber in der Nähe der Straße nach Tomichi. Deshalb verkehrten hier überwiegend Krieger und Beamte aus der Burg, die schnell einen Feierabendwein oder -bier tranken. Manche aßen zu Abend, andere tranken nur oder schwätzten mit ihren Tischnachbarn. Allgemeines Stimmengewirr füllte den großen Gastraum. Und obwohl Amari sich anstrengte Informationen aus dem Gesumme zu erhaschen, es gelang ihm nicht. Der Becher Wein, an dem er eine Stunde genippt hatte, war nun leer. Schade. Als der Wirt vorbeikam, bestellte er einen neuen. Und während er wartete, lehnte er sich gegen die Wand und sinnierte still vor sich hin. Sein Auftrag war sehr, sehr diffizil! Die höchste Person Sinis stand auf seinem Auftragsblock. Natürlich nur im übertragenen Sinne. Alles was er wusste und tat und plante, befand sich in seinem Kopf. Und eines ging ihm ständig im Kopf herum: wie kommt er unauffällig an den Hikoshu-sham heran. Er hatte Taichi noch keinen Tag gesehen. Dass er in der Stadt war, das wusste er, denn die Burg Tomi war über alle Toppen geflaggt. Aber war er nun in der Burg oder schon in Tomichi? Beginnen wir mit dem Unwahrscheinlichsten, dachte er, mit Tomichi!

Am anderen Morgen postierte er sich unauffällig in der Nähe der Burg Tomichi und beobachtete das Treiben an den Toren. Noch beim Verlassen des Gasthauses erfuhr er dann vom Wirt, das Taichi samt aller höchster Fürsten in Tomichi weilte. Na also! Von seinem Versteck auf einem baumbestandenem Hügel aus hatte er eine hervorragende Sicht auf einen großen Teil der Mauer und dem Haupttor. Die Mauern übersteigen zu wollen, verbot sich von selbst. Nicht nur die Höhe war ein Problem; Auf den Mauerkronen gingen aufmerksame Wachen auf und ab. Und das sowohl bei Tage als auch in der Nacht. Dann also durch das Tor. Nur wie? Nach zwei Tagen wusste er, was zu tun war; Jeden Morgen betrat ein Zug Lieferanten die Burg durch das Haupttor. Getränke, Fleisch, Gemüse, alles, was ein großer Hof benötigte, floss in einem steten Strom hindurch; Die Herrschaften nebst ihrer Entourage mussten schließlich verpflegt werden. Die Posten an den Toren kontrollierten die Ladungen der Karren und die Tragegestelle gewissenhaft, jedoch nicht die Lieferanten! Sehr gut! Einen Bäcker, vielleicht war es der Hoflieferant, hatte er sich als Opfer ausersehen. Langsam reifte ihn ihm ein Plan. Ja, so musste es gehen:

Er schlich hinter dem Bäcker her, als dieser nach seiner Lieferung nach Tomi zurückkehrte. Ja, genau dieser Dragun ist die Eintrittskarte in die Burg. Und er passte! Er war so groß wie Amari, seine Schuppen hatten sogar die gleiche Farbe. Sie könnten Eibrüder gewesen sein. Und er lebte allein. Sehr gut! Damit war sein Schicksal besiegelt. Niemand würde ihn in den nächsten Tagen vermissen.

Amari liebte diese Zeit: Es war kurz vor Sonnenaufgang, wenn alle tief und fest schliefen. Noch war es finster. Er musste sich beeilen, denn bald würde die Sonne aufgehen. Geräuschlos bewegte er sich aus seinem Quartier, schlich im Schatten der Häuser durch die Straßen. Ein paarmal musste er Wachen ausweichen, die besonders zu Zeiten des *higashi-ogoku* regelmäßig durch die Straßen gingen. Bald hatte er das Viertel der Bäcker erreicht. Es roch nach frisch gebackenem Kuchen und Brötchen. Das Haus des Bäckers lag hinter einem entzückendem Vorgarten. Amari sah sich um. Stille! Auf Zehenspitzen schlich Amari zum Haus, sah sich noch einmal um. Dann schnitt er mit dem Messer ein Loch in die Türbespannung des Bäckerhauses, öffnete den inneren Riegel. Nun konnte er die Tür leise aufschieben und ins Haus schlüpfen. Kurz orientierte er sich, dann wusste er Bescheid. Wo der Bäcker schlief, war nicht zu überhören, denn der Gute schnarchte, wie eine ganze Sägemühle. Er hatte am Vorabend gebacken und schlief nun den Schlaf des Gerechten. *Soll er auch und für immer*, dachte Amari. Die Schiebetür stand etwas offen. Es war kein Problem für Amari sich geräuschlos an sein Opfer heranzuschleichen. Und es genügte ein einziger Schnitt durch die Kehle.

Zur selben Zeit, zu welcher der Bäcker aus dem Haus trat, um seinen Karren zu beladen und nach Tomichi zu schieben, trat auch Amari aus dem Haus des Bäckers. Er trug dessen Kimi, ein teures Stück aus gelber Seide mit schönen Stickereien, die Sandalen und auch dessen Stirnband. Um nicht erkannt zu werden, hatte er ein Cape übergestreift und die Kapuze tief ins Gesicht geschoben. Es sollte so aussehen, als erwarte er Regen.

"Guten Morgen, Herr Omigashi." Eine Dame, wahrscheinlich die Nachbarin, verneigte sich höflich. Amari tat es gleich und räusperte sich, als habe er eine Erkältung. Schnell belud er den Karren.

"Ich hoffe, es geht Euch gut?" Die Nachbarin war neugierig nähergekommen.

Verdammt, wenn sie noch näher kommt, kann sie erkennen, dass ich nicht dieser Omigashi bin. "Alles gut", er hustete, "Nur eine leichte Erkältung."

"Oh, äh, jaja", die Nachbarin war sofort stehen geblieben. "Es ist morgens noch recht kühl."

Aha, sie fürchtet, sich anzustecken, freute sich der Attentäter. Amari war mit dem Verstauen der Ware fertig. Er nahm die Griffe des Karrens in die Hände. "Ich muss dann", hustete Amari und schob den Karren an.

Nachdem er die Karre durch die Gasse der Bäcker und Nudelhersteller geschoben hatte, bog er auf die Straße nach Tomichi ein. Er war gespannt, wie weit er es in die Burg schaffen wird. Er hatte sich einen Zeichnung *tomichis* beschafft, das war einfach. Sie war gebaut, wie alle Burgen in Sini. Aber wie waren die Sicherheitsvorkehrungen innerhalb der Burg?

Wieviel Wachen zogen tagsüber oder nachts auf? Und wie aufmerksam waren sie? Vielleicht hätte er sich einen Wächter greifen und die Informationen aus ihm herausfoltern können? Doch wer weiß, irgendwie, durch welchen dummen Zufall auch immer, wäre er aufgefallen. Und Amari durfte keine Spuren hinterlassen. Nicht die kleinsten! *Um den Bäcker muss ich mich nicht sorgen. Der ist gut verpackt in einem der unterirdischen Abflusskanäle verfrachtet, und der nächste Regen wird ihn ins Meer hinausspülen. Es macht sich eben immer wieder bezahlt, soviel wie möglich zu wissen – und Glück muss man auch haben, dass der Kanaleingang dicht neben der Bäckerei lag.*

Wenn er es schaffte, die ersten zwei Tore unangefochten zu durchqueren, wäre viel erreicht. Der Rest war nur noch ein Versteckspiel. Noch ein paar Schritte, dann hatte er das Tor erreicht. "Na, wen haben wir denn da?", fragte der Wächter. In Akemi zog sich alles zusammen. War er enttarnt? Er verbeugte sich tief und ging in Sekundenschnelle alle möglichen Varianten durch. Doch dann erkannte er es. "Natürlich!" Er griff in einen Korb.

KEN'ICHI

Ken'ichi fand sich in einem der widerlichen Löcher wieder, in denen man die Gefangenen hielt, und in einer sehr unangenehmen Situation. Wie sie es geschafft hatten, ihn zu finden und worin sein Fehler bestanden hatte, wusste er immer noch nicht. Das war im Moment eher nebensächlich. Vorläufig war er froh, eine alte, stinkende, wenn auch nasse Decke aus Wolle zu besitzen, mit der er sich vor dem kalten Regen bedecken konnte. Mit den Füßen stand er schon bis zu den Knöcheln in einer braunen, übelriechenden Brühe, die langsam immer mehr anstieg. Gefühlt regnete es seit einer Woche, obwohl er erst seit gestern Nacht hier drin war. Er fror fürchterlich und fürchtete, allmählich in der braunen Brühe zu ertrinken. Nun wusste er, wie es in den stinkenden Löchern war, über die er früher nie richtig nachgedacht hatte. Im Gegenteil fand er es richtig, die Verbrecher so zu behandeln, wie sie es verdienten. Jetzt sah er die Sache aber anders.

Mosaru und Saboke hatten ihn erwischt, als er sich sicher war, unangefochten die Grenze nach

Kasumi übertreten zu können. Wie aus dem Boden gewachsen standen die beiden vor ihm. Und ehe er sein Schwert ziehen konnte, hielt Saboke seine Arme von hinten umklammert und er fand sich in Sekundenbruchteilen gefesselt am Boden wieder. Saboke. Der Verräter! Alles hatte er erwartet, nur das nicht! Fluchen konnte er nur im Stillen, denn er hing geknebelt und gefesselt über dem Rücken eines Pferdes. Der Geruch des Tieres kitzelte seine Nase, es roch scharf nach Schweiß und unangenehm muffig. Saboke sprach in der ganzen Zeit kein Wort zu ihm und Masaru ebenso wenig.

Nach zwei Tagen mit wenigen Pausen, in denen Ken kein Auge schließen konnte, erreichten sie Somo als es stockdunkle Nacht war. Er wusste nicht genau, wo er war, glaubte aber, dass man ihn zum Sommerpalast in der Burg Somo brachte. Man zog ihn vom Pferd, riss ihm die Kleider vom Körper und warf ihn nackt in die Grube. Er krachte in den stinkenden Schlamm und übergab sich vor Ekel und Selbstmitleid. Was für eine Schmach! Er war von hoher Geburt! Da er seinen Knebel los war, protestierte er lauthals gegen diese Behandlung, was zur Folge hatte, dass die Wachen mit ihren Lanzenschäften nach ihm stießen und von oben in sein Gefängnis urinierten. Na wartet, wenn ich hier herauskomme! Später warf man ihm diese stinkende Decke und ein Stück Fladenbrot in sein Gefängnis. Das Brot konnte er im letzten Moment noch auffangen, die Decke landete auf dem nassen Fußboden. Damit nicht genug, begann es im Morgengrauen zu regnen. Mögen die Dämonen über alle kommen, die ihm das hier angetan haben!

Nach Stunden der Wut, des Zweifels, der Angst und der Reue, stand er nun in einer Ecke der stinkenden Grube und war nur noch verzweifelt. Was hatte er sich dabei gedacht, seinen Schwur zu brechen? Er hatte den Tod verdient, so ist das in Sini. Er hatte seine Ehre verloren, für alle Zeiten. Wenn man ihm ein Messer geben würde, hätte er sich hineingestürzt oder den Bauch aufgeschlitzt.

Der Regen war stärker geworden. Inzwischen war auch die Decke vollständig durchnässt. Ken fror und zitterte am ganzen Körper. Wollen sie ihn ertränken? Das Wasser stand inzwischen bis zu den Knien.

Er hatte nur vorgehabt, seinen Vater vor einem Einmarsch in Yukokoshima zu warnen. Er wollte ihn überzeugen, dass es besser wäre, sich mit Sabu zu vereinen, um den FEIND gemeinsam zu bekämpfen. Warum war er nicht zu Sabu gegangen und hatte ihr gesagt, ihr vorgeschlagen, dass er – Ob sie ihm geglaubt hätte? Er hatte sich geschämt, für seinen Vater. Das war es. Und er liebte Sabu. Er wollte sie nicht verraten. Aber wie sah es denn aus? Heimlich davonzuschleichen! Das kann doch nur Verrat bedeuten.

Quietschend öffnete sich die Tür im Gitter. Ken sah nach oben. Eine Leiter wurde heruntergelassen und eine grobe Stimme befahl: "Komm hoch, Verräter!"

Ken erklomm zitternd vor Kälte und Angst die Leiter. Oben empfingen ihn zwei stämmige Soldaten, die ihm sofort die Arme auf dem Rücken fesselten. Nackt, wie er war, stießen sie ihn vorwärts, einen Kiesweg entlang. Er erkannte es: Er war tatsächlich im Sommerpalast von Somo. Einige Höflinge waren in eiligen Geschäften unterwegs und sahen ihn erschreckt an. Wer weiß, wie ich aussehe, dachte Ken'ichi, und schämte sich. Nicht nur seiner Nacktheit wegen, die Decke lag immer noch in der Grube, sondern dafür, was er getan hatte. Zum Glück kennt mich kaum jemand, hoffentlich. Galgenhumor kam in ihm auf. Ob Sabu ihm erlaubte, wenigsten *Sembuke-ki*[10] begehen zu dürfen?

Doch sie führten ihn nicht zu Sabus Haus. Sie bogen in einen Nebenweg ein. Der Regen hatte

---

[10] Sich selbst mit dem Schwert (Katimi) umbringen

den Boden aufgeweicht. Immer wieder glitt Ken aus, und wurde von den Wachen grob aufgefangen. Und jedes Mal erhielt er einen Stoß mit dem Speerschaft oder der Faust in den Rücken. Störrisch blieb Ken'ichi stehen. "Es genügt", rief er den Wachen zu. "Ich bin Kasumi Ken'ichi. Behandelt mich, wie es mir zusteht!" Die Wächter lachten aus vollem Herzen. "Du bist ein Verräter! Dir steht höchstens der Tod zu. Man wird dich aufhängen, ausweiden, zerhacken. So sieht's aus, mein Guter!" Und schon erhielt er die nächsten Hiebe.

Ken rutschte das Herz in die nicht vorhandenen Hosen. Am liebsten hätte er sich zu Boden geworfen. Ausweiden! Zerhacken! Das tat man mit sarus, aber doch nicht mit ihm! Er hatte einmal zusehen müssen, hatte sich abgewandt. Auch wenn es nur sarus gewesen waren, die, weswegen auch immer, auf diese Art hingerichtet wurden, es war zu schrecklich gewesen. Ken musste die ganze Zeit würgen und hatte sich beinahe übergeben. Mutig schluckte er den widerlich süßlichen Speichel herunter und sah starr auf die Opfer, beziehungsweise auf das, was von ihnen übrig war. Sein Vater hatte nur hämisch gelacht.

Sie liefen jetzt einen Weg, der an den Rand der Burg entlangführte, und erreichten ein heruntergekommenes, kleines Haus. Es bestand aus solidem Fachwerk, das Gefach war mit Steinen gefüllt und weiß gekalkt. Ein sehr altes Haus. Seit hunderten von Jahren baute in dieser Art kein Dragun mehr, denn das Klima war deutlich wärmer geworden. Selbst im hohen Norden Sinis schneite und fror es nur noch selten. Jemand öffnete von innen die Tür. Die Wachen stießen Ken hinein und sofort schloss sich die Tür hinter ihm. Es war stockfinster. Wieder wurde er vorwärtsgestoßen. Wieder öffnete sich eine Tür. Wieder stieß man ihn in ein Zimmer. Ken stolperte hinein und blieb blinzelnd im grellen Licht stehen.

"Kasumi Ken'ichi." Der mit ihm sprach, war ihm unbekannt, und er konnte ihn auch nicht erkennen. "Man beschuldigt Euch des Eidbruchs auf den kano-i'iyo der Familie Hita. Ihr habt spioniert und seid zu guter Letzt desertiert. Gesteht Ihr?"

Ken ging auf die Knie. "Es ist nicht so, wie Ihr es glaubt, Herr." Er konnte vor Angst nur noch flüstern. Sein Hals war trocken, die Stimme versagte. Er senkte den Kopf. Er wusste, egal, was er auch sagte, man wird ihm nicht glauben, man wird ihn hinrichten! Und wie? Aber ist das nicht egal?

"Wie? Ich kann Euch nicht verstehen?"

Ken schluckte krampfhaft. Jemand schüttete

Wasser auf ihn. Schnell fing Ken einige Tropfen mit der Zunge auf. Es war alles so schrecklich! "Ich, ich", stammelte er, "wollte keinen Verrat begehen. Oh Götter! Ich wollte Sabu – ich meine die Fürstin - retten."

"Berichte." Die Stimme klang nicht mehr so streng. Ob es einer der Zauberer war? Er hatte sich nie besonders um die beiden saru gekümmert und sie sprachen ja auch kaum mit ihm. Das Licht war immer noch grell und blieb auf ihn gerichtet. Also sprach er einfach in das Licht. Er begann mit dem Morgen, an dem er den Entschluss gefasst hatte, nach Kasumi zu gehen, und seinen Vater zurückzuhalten. Als er geendet hatte, herrschte Stille. Es war so still, dass Ken die mousus hörte, die verstohlen unter den Dielen des Hauses hin und her huschten. Es dauerte lange, bis das Licht erlosch und einer angenehmeren Beleuchtung wich. Er befand sich allein in einem normalen Zimmer, mit Fenstern und Türen. Es regnete nicht mehr, das gleichmäßige Rauschen hatte aufgehört. Seine Fesseln waren ihm abgenommen worden und vor ihm lag ein Häuflein schlichter Kleidungsstücke und einfache Ledersandalen, wie sie die Soldaten trugen. Eine Stimme ertönte: "Wasch dich, Ken'ichi, kleide dich an und warte." Er tat, wie geheißen, obwohl ihm ein Bad lieber gewesen wäre. Er roch immer noch nach der

Grube, selbst nach der Wäsche aus einer Schüssel, die er auf einem shoki gefunden hatte. Als er zum Fenster gehen wollte, um hinauszusehen, sprach die Stimme wieder zu ihm: "Bleib stehen, wo du bist. Warte."

Er wappnete sich in dragunischer Geduld. Offenbar ging es ihm doch nicht ans Leben. Er war ehrlich gewesen, hatte erklärt, dass er seinen Fehler einsehe und er sich bei der Fürstin - hatte er gesagt, nicht Sabu - entschuldigen wolle. Mindestens zwei Stunden wartete er schon. Seine Füße und der Rücken schmerzten. Es sang in seinen Ohren, vor Durst und Hunger. Was sollte er denn noch tun?

"Wir haben dich geprüft, Ken'ichi." Wieder diese Stimme, tief, rau und nachhallend. Die Zimmertür flog auf. Die beiden Wachen traten zu ihm, Lederriemen in den Händen. Er wurde, diesmal an den Ellenbogen gefesselt. "Du stinkst, wie ein Stall voller Streifensauen", knurrte einer der Wächter. "Los, vorwärts." Um dem Befehl den gewünschten Nachdruck zu verleihen, bekam Ken einen Stoß mit der Faust in den Rücken. Er stolperte durch die Tür. Sie gingen einen langen Flur entlang, traten auf die Veranda und verließen den ungastlichen Ort. "Wo gehen wir hin?"

"Zum Henker. Was denkst du denn?", lachten die Wächter belustigt, und führten ihn an den

Armen, bis sie den Kiesweg zu Sabus Palast erreichten. ‚Also doch nicht wieder in die Grube.' Ken atmete auf. Ob Sabu ihm verziehen hatte? Überall gingen und standen Wachen und beobachteten die Umgebung aufmerksam.

Er wurde erwartet; Auf der Veranda warteten Masuro und Saboke in voller Rüstung. Die Tür hinter ihnen stand offen. Er erkannte weitere Wachen auf dem Flur. Als er an seinen beiden Kameraden vorbeiging, würdigten sie ihm keines Blickes. Er senkte den Kopf. Die Wachen gaben ihm einen Stoß, dass er weiterginge. Den Weg kannte er. Doch nicht zu Sabu, in den großen Saal ging es, sondern ein paar Türen weiter, dorthin, wo die Zauberer wohnten. Ein Wächter klopfte vorsichtig an. "Wir bringen den Verräter, Herr." Es fiel ihm ganz klar schwer, einen saru mit Herr anzureden, aber was half es? Die Herrin wollte es so.

Die Schiebetür öffnete sich. "Lasst ihn herein. Aber nehmt ihm vorher die Fesseln ab, bitte." Es war Lubomir. Ken erkannte seine Stimme. Obwohl er sich wenig um die Zauberer gekümmert hatte; Tief, fest, aber immer mit einem freundlichen Unterton. Brummend lösten die Wachen seine Fesseln und schoben ihn durch die Tür, die sich sofort hinter ihm schloss.

Im Raum warteten Lubomir und Sabu. Ken

wollte sich vor ihr auf den Boden werfen, doch Sabu hob die Hand. "Melde, Soldat", befahl Sabu streng.

Angestrengt dachte Ken darüber nach, wie er das, was er vorgehabt hatte, in eine einfache Meldung kleiden sollte. Doch dann rief er: "Ich melde, meine Fürstin, dass ich Euch nicht verraten wollte, sondern Euch verlassen hatte, um meinen Vater von einem Überfall auf Yukokoshima abzuhalten. Er hatte mich geschickt, Euer Reich auszukundschaften!"

Sabu sah Lubomir an. "Ist das die Wahrheit?" Und Lubomir nickte.

Da stand Sabu auf, und stellte sich dicht vor Ken. "Ist Dir klar, was Du verursacht hast?" Sie sprach leise, beinahe flüsternd. Ken schwieg. Nein, er hatte keine Ahnung. Er wollte doch nur – "Du hast mich kompromittiert. Du hast mein Vertrauen auf das Schändlichste missbraucht."

"Aber ich -"

"Wenn Saboke und Masuro dich nicht rechtzeitig gefunden hätten, hättest du den Verrat vollkommen gemacht, glaub mir."

Ken senkte den Kopf. Sabu hatte Recht. Ja, wenn er seinem Vater gegenübergestanden hätte – er hätte Sabu verraten. Gegen seinen übermächtigen Vater wäre er nicht angekommen. Beschämt nickte er.

BRODOR

Frierend kroch er aus dem Wasser. Der blaue Mond beleuchtete das Ufer und gab dem schwarzen Gesträuch ein gespenstisches Aussehen. Brodor drehte sich um. Eben tauchten Lubomir und Naeg aus dem Fluss auf. Wenn er nicht gewusst hätte, dass es sich um die beiden Zauberer handelte, würde er glauben, es seien seine beiden Adjutanten Boron und Krawag. Wie schaffen die das? Welche geheimnisvollen Mächte standen den Zauberern zur Verfügung?

"Pst. Trampelt nicht so. Hier sind überall Wachen."

Irgendwer hatte Brodors Centurionenmantel gefunden, schmutzig und abgerissen, und ihm gebracht. Das machte ihre Legende, das Desaster von Fuko überlebt zu haben, nur um so glaubhafter.

"Und wenn wir nun auf Wachen treffen?"

"Wir behaupten, dass wir aus Fuko kommen. Erfolgreich geflohen halt."

"Solange wir nicht auf den Zauberer treffen."

Er sah an sich herunter. „Du hast sie gut beschrieben. Ich fühle mich schon wie ein Krull." Naeg spitzte die Ohren. "Da schleicht jemand herum", flüsterte er.

"Wache?" Brodor erhob sich zu voller Größe.

"Wer da?"

"Sigol, Moorg und Froock. Wir kommen aus Fuko, dem HERRN Meldung erstatten."

"Was für ein Fuko, Kerl. Ich kenne keinen Fuko. Willst Du uns für dumm verkaufen?"

"Fuko ist 'ne Stadt, Dummkopf. Von dort kommen wir eben. Haben uns durch die feindlichen Linien geschlichen."

"Na und?"

"Siehst du meinen Mantel?"

"Nee, ist zu dunkel. Was ist damit, he?"

"Es genügt", sprach Lubomir, dem die Diskussion langsam lästig wurde. Ein Blitz flammte auf. Die beiden Posten standen stocksteif. Dann war es, als erwachten sie aus einem tiefen Schlaf. "Seid ihr die Ablösung?", fragte einer.

"Nein, Freund. Wir haben uns wohl verlaufen. Wohin geht es doch gleich zum Küchenzelt?"

"Da lang, ihr Träumer. Und passt gefälligst auf, wo ihr hintrampelt. Sowas dämliches!"

Kichernd gingen die drei Kundschafter in die angegebene Richtung. Als sie außer Hör- und

Sichtweite waren, bogen sie auf einen der radialen Wege ein, die zum Zentrum des Lagers führten. Und tatsächlich, niemand nahm Notiz von ihnen. Ihr Ziel war noch ein Stück entfernt, der helle Feuerschein und der schwarze Rauch, zeigte ihnen den Weg. Ab und zu wurden sie angesprochen. Der Mantel des Centurionen und die Heerführerabzeichen darauf, verschafften Brodor jedoch den nötigen Respekt. Dann erreichten sie endlich den inneren Bereich. Eben wollten sie aufatmen, als hinter einem Zelt ein Krull hervortrat. "Halt, keinen Schritt weiter!" Ein riesiger Soldat versperrte ihnen den Weg. "Wer seid Ihr und wohin wollt ihr?"

"Ich bin Brodor, Heerführer des Nordens."

Der Wächter schwieg. Es war, als wenn er mit jemanden kommunizieren würde. "Und die da?"

"Boron und Krawag, meine Adjutanten."

"Und was wollt Ihr?"

"Dem Herrn melden, das Fuko gefallen ist."

Wieder schwieg der Wächter. Dann sagte er: "Der HERR weiß Bescheid."

"Und?"

Wieder schwieg der Wächter. "Ihr sollt euch ins einhundertelfte Centurum begeben. Ihr seid wieder Soldaten. Und nun verschwindet."

"Aber …", wollte Brodor aufbegehren. Doch Lubomir nahm ihn bei der Schulter. "Komm schon. Gehen wir." Sie gingen ein Stück zurück und bogen dann nach rechts ab, um im Gewimmel des Feldlagers abzutauchen.

"Das war nicht gut, gar nicht gut." Brodor ärgerte sich. Er hätte ahnen müssen, dass der HERR mit ihm verbunden war. Wie auch immer er es bewerkstelligte, er musste irgendwie wissen, wo sich Brodor befand. Er hatte ihn nicht gerettet. Nein, allein gelassen! Obwohl er sicher wusste, in welcher Lage Brodor gesteckt hatte. Brodor stutzte. Wenn dem so war, wusste der HERR auch, dass sie hier waren und vielleicht auch, was sie vorhatten! Und sogar, dass Lubomir und Naeg bei ihm waren? Brodor fror. "Ich bin tot", stellte er tonlos fest, und erklärte seinen Kameraden warum.

"Bist du nicht." Naeg nahm ihm den Mantel ab. "Pass auf." Er nahm Brodor die Heerführerabzeichen von der Brust, legte sie auf den Mantel des Centurionen und wickelte ihn eng zusammen. Dann schob er ihn lächelnd unter ein Zelt in der Nähe. Zufrieden klopfte sich Naeg die Hände ab. "So. Du bist gut untergekommen. Der HERR wird zufrieden sein. Lasst uns von hier verschwinden."

"Aber es ist nicht das hundertelfte", monierte Brodor.

Sie umkreisten in weitem Bogen das Zentrum

des Lagers, bis sie etwa einen Halbkreis gegangen waren. Immer wieder begegneten sie jemanden, der sie nach dem woher und wohin fragte. Und da der HERR Brodor einen klaren Befehl gegeben hatte, brauchten sie ihn nur zu wiederholen.

"Hier seid ihr falsch, ihr Hornochsen!" "Geht nach rechts, dort ist …!" "Macht, dass ihr fortkommt!" Irgendwie schienen sie nicht willkommen. Naeg war amüsiert, Lubomir still und Brodor verärgert. "Wie, bei allen Dämonen kommen wir an dieses Loch heran", flüsterte er während einer der kurzen Pausen, in denen sie allein waren. Immer sahen sie den Schein der Feuer, die aus dem Loch flackerten und den rot von unten beleuchteten schwarzen Rauch. "Wir verstecken uns in einem der Haufen hier in der Nähe und warten. Dann werde ich einen Zauber wirken – sehr vorsichtig –", sagte Lubomir, bevor Brodor etwas einwenden konnte, und setzte fort, "der unsichtbar macht."

Der Morgen begann mit Nebel. Es war kühl, Brodor fror. Er schüttelte heftig den Kopf. "Das schaffen wir auf keinen Fall."

"Doch. Aber wir müssen sofort los. Ohne Verzug."

Brodor flüsterte eindringlich auf Naeg ein.

"Aber ich sehe euch. Beide."

"Ja, aber niemand sonst kann uns sehen, glaube mir."

Brodor atmete tief ein. Er wiegte mit dem Kopf. Dann stand er entschlossen auf. "Gut. Mögen die Götter uns beistehen."

Lubomir seufzte hörbar. "Mir nach."

Sie gingen wieder einen radialen Weg. Hintereinander, damit sie besser Kontakt zueinander halten konnten. Erst Lubomir, dann Brodor und am Ende Naeg. Wieder erreichten sie den inneren Ring. Am Ende schritt ein Posten gelassen, aber aufmerksam hin und her. Zehn Schritte nach rechts, Wende, zehn Schritte nach links, Wende. Brodor begriff langsam, dass sie tatsächlich unsichtbar waren. Niemand nahm von ihnen Notiz. Selbst die Spuren im festgetretenen Sand fielen nicht auf. Die meisten Krieger schliefen noch, nur die, die für die Feuer verantwortlich waren, liefen geschäftig hin und her.

Wieder machte der Wächter seine zehn Schritte nach links und drehte ihnen den Rücken zu. Blitzschnell lief Lubomir über den Postenbereich. Eng aufgeschlossen folgten ihm seine Kameraden. Sie erreichten den Palisadenzaun aus lebenden Dragunen, den Brodor kannte und vor dem ihm schauderte. Er sah, wie Lubomir kurz verharrte, den Kopf schüttelte und schnell den Durchgang zum Zentrum durchquerte.

Sie fanden sich auf einer toten, leeren kreisförmigen Fläche wieder. "Dort müsste das Zelt des HERRN stehen", flüsterte Brodor.

"Und?" Lubomir machte einen langen Hals.

"Es ist weg." Auf dem Boden zeichnete sich noch ein dunkles Quadrat ab. "Dort. Seht ihr? Dort hat es gestanden."

Im Morgendunst konnte Lubomir erkennen, dass der innere Bereich einen Durchmesser von Dreihundertzwanzig Schritten hatte. Rundherum standen schweigend die armen Dragune, die sie mit ihren Blicken verfolgten, und ziemlich genau in der Mitte qualmte das Loch. Der Herr musste sich absolut sicher fühlen, denn nirgendwo standen Posten oder Wächter. Lubomir hatte ein ganz ungutes Gefühl, Brodor schauderte und zitterte, nur Naeg war gelassen. "Was für eine Arroganz", murmelte er. Dann machte er den ersten Schritt auf die riesige Öffnung zu. Er spürte eine Bewegung.

KAMINO

Solchen Luxus war der neue Botschafter Yukokoshimas nicht gewöhnt. Als einfacher Soldat und Abkömmling einer zwar wichtigen, aber nicht sehr reichen Familie, kannte er ein bescheidenes, aber auch zufriedenes Leben. Nun umgab ihn ein Luxus, den er nur aus dem Wohnbereich Sabus kannte. Ihm standen Diener zur Verfügung, die jeden Wunsch von seinen Augen oder Lippen abzulesen versuchten, ein Trupp zuverlässiger Krieger und Beamte der Familie Hita, die seit Jahren hier in Tomi, respektive Tomichi, zuverlässig gedient hatten. Sabu gab ihm noch zwei Sekretäre mit, von denen Kamino vermutete, dass einer sicher ein Spion für irgendeinen Fürsten war.

Die Fürsten nutzten die Pause, um sich mit Kamino zu einem Gespräch zu verabreden. Sekretär Yokoko, ein Dragun aus den südlichen Gefilden Yukokoshimas, verstand es, die Termine mit den Fürsten so einzurichten, dass die wichtigsten zuerst an der Reihe waren. Ihm vertraute Kamino am meisten und er glaubte, dass eher Hogo aus dem Norden der Spion war. Oder nicht? Er wird es herausbekommen.

"Fürst Asamoto! Es freut mich Euch von Angesicht zu Angesicht kennen zu lernen", begrüßte er den ersten Fürsten. Und staunte über sich selbst. Wie und wann hatte er gelernt, so diplomatisch zu sein? Oder war sein Vater daran beteiligt, der ihn oft zu den Verhandlungen mit Schiffseignern, Kapitänen und Admiralen mitgenommen hatte? Er beugte, wie es die Daimios gegenüber den Herren der Familien taten, leicht den Kopf. "Bitte, nehmt Platz."

"Botschafter Kamino. Meinen Glückwunsch zu Eurer überraschenden Ernennung." Asamotos Stimme war eisig und troff vor Sarkasmus. Er wartete auf eine Antwort Sabus und hoffte nun über ihren Botschafter eine zu erhalten.

"Danke, Fürst. Doch ich denke, wir sind nicht hier, um nur Höflichkeiten auszutauschen?"

"Durchaus nicht." Asamoto riss sich zusammen. "Ihr kennt das Ultimatum?"

"Euer ‚Anliegen' bezüglich des Schutzes meiner Heimat durch Eure Truppen ist mir bekannt." Sabu und er hatten lange darüber gesprochen. Sabu hatte Asamotos Drohung wütend zerknüllt, ihm in die Hand gedrückt und gerufen: "Was wagt der Kerl?" Dann, wieder ruhiger: "Halte ihn an der langen Leine, Kamino. Du wirst es schaffen." Und gab ihm einen langen

Kuss. Unwillkürlich fuhr er sich mit der Hand über die Lippen. "Was Euer Angebot betrifft, uns militärisch zu unterstützen, danken wir Euch aufrichtig. Meine Fürstin ist überzeugt, dass Eure Hilfe, wenn sie denn notwendig ist, gerne von ihr angenommen wird. Aber erst dann, wenn sie wirklich gebraucht wird. Momentan hält der FEIND still, wir beobachten ihn aufmerksam. Sie ersucht Euch höflichst, Geduld zu üben."

Asamotos Gesichtszüge waren versteinert. *Militärisch zu unterstützen! Witzig. Hat sie es nicht verstanden oder macht sie sich über mich lustig? Sie wagt es, sich mir zu widersetzen?* Dabei hatte er doch eindeutig formuliert, dass er NICHT abwarten wollte. Sie will keine Vernunft annehmen. "Nun, wenn das so ist", er schlug sich leicht auf die Knie und stand auf. "Dann haben wir momentan nichts weiter zu bereden."

"Einen kleinen Hinweis noch, Fürst."

"Ich höre."

"Bedenkt bitte Eure militärische Situation. Wie mir berichtet wurde, seid Ihr zwar stark, aber …"

"Denkt was Ihr wollt, Exzellenz. Mein Ultimatum läuft alsbald ab."

"Wie Ihr meint."

"Ich danke Euch für die offenen Worte, Botschafter Kamino. Wir sehen uns dann wohl auf dem Schlachtfeld." Damit wandte er sich ab und verließ das Empfangszimmer.

Ganz sicher, dachte Kamino, *und dann schlage ich dir Lackel persönlich den Kopf von den Schultern. Kamino atmete tief durch.*

Nyoko Aiki kam wenige Minuten später zu ihm. Er blieb einfach stehen, sah Kamino an, wie ein Henker sein Opfer. "Sagt dieser Sabu, sie soll, verdammt noch mal, die Tradition und die Gesetze Sinis achten und sich nicht überheben! Ansonsten …"

"Seid ebenfalls gegrüßt, Fürst Nyoko Aiki. Ihre Durchlaucht, *Fürstin* Hita Sabu, erzählte mir mit höchster Hochachtung von Euch und Eurem guten Verhältnis zu ihrem hohen Vater, Kenshoori-oiyii." Aiki stutzte und wirkte unschlüssig. Es kam in Sini nicht oft vor, dass ein Fürst über einen Botschafter verhandelte. "Aber setzt Euch doch und trinkt ein Glas Wein. Sie kennt Euer Durchlaucht von den Besuchen und Inspektionen bei ihrem hohen Vater und hat hohen Respekt vor Eurer Person." Kamino machte eine einladende Geste. "Ich soll Euch mitteilen, dass sie sich freut, Euch in Bälde persönlich sprechen zu können. Denn sie wird in den nächsten Tagen nach Tomichi kommen, sofern es die Ereignisse in unserer Heimat zulassen." Kamino bemerkte zufrieden, dass sich Aiki beruhigte und auf die Fersen niedergelassen hatte.

Unwirsch griff der Fürst nach einen Weinbecher und trank ihn in einem Zuge leer. "So? Ist sie das?", knurrte der Fürst zwischen den Zähnen.

"Ganz sicher. Wie gesagt, sie sprach in den allerhöchsten Tönen von Euch; Eurer Weisheit, Euren umfassenden Kenntnissen der Gesetzte und Eurem unbestechlichem Gerechtigkeitssinn." Kamino neigte leicht den Kopf und verbiss sich ein Grinsen, als er spürte, wie Aiki zufrieden auf die Schmeicheleien reagierte.

"Was denkt Ihr, Botschafter, wird sie sich den Gesetzen Sinis unterwerfen?"

"Was immer Ihr damit meint, Fürst, sie tut es oder wird es tun." *Oder sich die Gesetze selber machen.*

"Werdet nicht frech, Kamino."

"Nun, ich meinte, meine Fürstin wird zuallererst den FEIND besiegen wollen. Dann, ihr Land wieder aufbauen und dann …", Kamino machte eine kleine Pause, als formuliere er an einem Satz. "Dann wird geschehen, was geschehen wird. Zu unbestimmt ist die Zukunft. Immer strebt sie einem Ziel zu. Nur, wir können sie nicht beeinflussen ."

Aiki schnaufte leise durch die Nase. „Wir werden sehen, Exzellenz, was die Vorsehung mit Eurer Herrin vorhat." Für ihn hatte eine Draguna nur Platz an der Seite ihres Gatten und Herrschers. *Soll sie heiraten! Wen auch immer! Dann herrscht wieder Ordnung im Land. Ein Weib hat keinen Krieg zu führen!* Er runzelte die Stirn. Sabu? Welche von den Rotzgören, die um Kenshoori herumgeschwirrt waren, war denn Sabu gewesen? "Sagt ihr meine Meinung. Das ist alles." Er verneigte sich leicht. "Exzellenz."

"Euer Hoheit."

Aiki erhob sich und verließ grußlos und schweigend den Raum.

"Ihr seid also Botschafter geworden, Kamino-oiyii?" Die Dame Harada hockte sich dicht vor Kamino auf die Fersen. Ihr Lächeln war offen und freundlich. "Wie ich hörte, wart Ihr Adjutant von Yukomi?"

"Das ist richtig", sagte Kamino vorsichtig.

"Dann haben wir uns schon einmal gesehen." Sie verzog nachdenklich das Gesicht. "Richtig! Der Empfang Eures hochverehrten Vaters während des Flottenbesuchs in *Yoomi*! Ihr standet neben ihm – ich meine neben Yukomi. Stolz wie ein *Hidi-ko*." *Und lecker wie eine orenzii,* setzte sie den Satz in Gedanken fort. "Ich kenne Yukomi schon lange. Guter Mann, wenn auch ein wenig trocken. Ich meine zu militärisch."

"Er ist ein Militär von klein auf, Dame

Harada."

"Ja leider." Sie lächelte immer noch dieses leicht verführerische Lächeln. "Aber was rede ich?" Harada richtete sich auf und sah Kamino direkt an. "Was kann ich für Eure Dame tun, Kamino?"

Kamino dachte nach. Wenn er eine Zusage erwirken könnte, dass die Dame Truppen zur Unterstützung … "Es wäre schön zu hören, dass Ihr uns helfen würdet."

"Natürlich werde ich Eurer Fürstin helfen. Jederzeit. Mit allem, was ich vermag." Sie trank einen Schluck Wein und sah Kamino über den Rand des Glases an. "Viel ist es nicht. Wir sind kein reiches Land, wie Yukokoshima."

"Was auch immer Ihr uns gebt, es wird mit Dank angenommen."

"Dann nehmt dies als Erstes." Sie ließ sich von einer ihrer Dienerinnen eine Schriftrolle reichen. "Ein Gedicht auf Ihre Gnaden Sabu und auf Yukokoshima."

"Ich danke Euch, Dame Harada-oiiya. Darf ich das Gedicht vorher lesen?"

"Warum?"

"Um es meiner Fürstin mündlich vorzutragen. Sie liebt Eure Lieder und Gedichte und an liebsten möchte sie sie vorgetragen haben."

"Dann sende ich Ihr einen meiner besten

Sänger!", rief die Dame begeistert aus.

Und schon haben wir noch einen Spion im Hause. Unwillkürlich runzelte Kamino die Stirn.

"Nein, nicht was Ihr denkt, Kamino." Harada lachte mit glockenheller Stimme. "Er ist wirklich nur ein Sänger und kein Spion."

Diesmal verneigte sich Kamino tiefer als sonst – um sein ungläubiges Grinsen zu verdecken.

Zugesagt hatte die Dame gar nichts! Kamino war unzufrieden. Doch für ein erstes Gespräch und für folgende war es dennoch ein guter Anfang. Was hatte Harada gesagt, bevor sie ging? „Es ist wichtig, dass wir Dragunas untereinander keinen Zank haben, sondern uns unterstützen. Ich werde darüber nachdenken."

"Wer noch", fragte er Yokogo, nachdem die Dame Harada aus den Zimmer war.

"Zwei Fürsten und drei Daimios, die mit der Familie verbunden sind." Als er Kaminos Gesicht sah, fügte er hinzu. "Es sind wichtige Leute, deren Unterstützung wir uns versichern sollten."

"Na dann, herein mit dem ersten." Kamino gähnte und verdrehte die Augen. *Nie wieder Botschafter!* „Wer ist das gleich nochmal?"

SABU

Währenddessen saß Sabu in Meditationshaltung auf ihrer Matte. Die Tür zum Garten stand weit offen und frische Luft konnte ungehindert eindringen. Kein Windhauch ging. Ab und an hörte man in der Ferne die Rufe der Wachen auf den Mauern, und bis auf das Gezwitscher der Vögel in den Bäumen und Sträuchern war es still. Sabu spürte die Präsenz von Yukomi, der leise eintrat. Wie immer fiel es ihr schwer, sich aus der Versenkung zu lösen. Doch diesmal brachte sie etwas mit; einen Plan.

"Fürstin?"

Sabu hob die Hand. Yukomi wartete geduldig, bis sie sich erhoben hatte. "Heerführer? Was gibt es?"

"Ein Melder war bei Fürst Kooku Hagoshi."

"Und?"

"Der Süden wurde überfallen! Truppen ohne Feldzeichen haben bei Kimogoshu die Grenze überschritten und sind bis an die Ufer des Jakabe vorgedrungen. Die Festung *Higoshi* soll gefallen sein. Kimchak wird belagert!" Er übergab Sabu eine Meldung. Obwohl es sowieso still war, kam es Yukomi vor, als ob die Stille bleischwer auf ihnen lasten würde. Sabu senkte die Augen und blickte zu Boden. Ihr war es, wie in ein bodenloses Loch zu fallen. Gleichzeitig drehte sich alles um sie herum. Sie schloss die Augen, atmete tief durch, wie sie es in der Sonnenstadt gelernt hatte.

Dann hatte sie sich gefasst. Sie hob den Kopf: "Es geht also los", sagte sie zu Yukomi. "Schickt einen Raben zu Kamino. Er soll den Hikoshusham informieren. Und teilt ihm mit, dass ich in Kürze in Tomi eintreffen werde." Sie griff nach ihren Schwertern, die auf einem niedrigen Hocker lagen und steckte sie in den Gürtel. "Ruft die südlichen Fürsten zusammen." Yukomi salutierte und verschwand.

Sabu stand immer noch in der Haltung, in der sie Yukomi entlassen hatte, mitten im Zimmer. Langsam drehte sie sich um die eigene Achse. Der quadratische Raum war schlicht weiß gestrichen, die Holzkonstruktion in tiefem braun. An den Wänden hingen Rollbilder mit Landschaftsszenen, kunstvoll mit Wasserfarben auf kostbaren Papier gemalt. Zwei große Vasen aus sinischen Porzellan – uralt und immer noch strahlend weiß – in denen Blütenzweige standen, rahmten die Schiebetür ein, durch die eben Yukomi verschwunden war. Einzige Möbel waren zwei Hocker, ein Lehnstuhl und ein langer Tisch, auf dem zwei Karten lagen. Eine von Sini und eine von Yukokoshima. Sie stammten von Naeg; Er hatte Magie angewandt. Nichts war darauf vergessen; Der kleinste Weg nicht, der niedrigste Hügel, der winzigste Tümpel nicht und auch nicht das kleinste Dorf. Alles konnte man bis ins Detail erkennen. Auch die Spur der Vernichtung von Hita bis Somo und nach Fuko. Wieder holte sie tief Luft, dann trat sie an den Kartentisch.

Sabus Finger folgten dem Lauf des Jakabe im Süden Yukokoshimas. Er entsprang in den Bergen des östlichen Bayo-Gebirges, floss an der Burg Koyu vorbei und schlängelte sich durch die fruchtbare Ebene von Yanging. Von hier stammte ein Großteil des Korns und Gemüses der in Yukokoshima auf die Märkte kam. Dann floss er breit und behäbig durch die gleichnamige Stadt, um durch das weitläufige Delta bei Kimchak in das Meer des stillen Wassers zu strömen. Sabu wusste, dass Kimchak ein wichtiger Kriegshafen war. Die Einfahrt in den Jakabe bewachten zwei Festungen auf beiden Uferseiten, und in der Stadt selbst stand eine mächtige Garnison zum Schutz der südlichen Lande bereit. Wenn der Feind die Einfahrt vom Meer aus blockierte, saßen sie in der Falle. Fürst Lokimou und Fürst Haki, denen die

Gebiete südlich des Jakabe zum Lehen gehörten, aber befanden sich in Somo. Die Kommandeure der südlichen Heere waren einfach überrascht worden. Sie hatten sich über den Fluss zurückgezogen und warteten auf Befehle und vor allem auf Verstärkung. So stand es in einer weiteren Meldung, die ein Rabe gebracht hatte. Sabu ärgerte sich darüber. Warum hatten sie nicht Maßnahmen ergriffen? Ein Angriff war doch zu erwarten gewesen.

Zu allem Übel war gestern Drac Nara, Fürst Kama Higishis Hauptmann der Drachenreiter, mit einer Botschaft von Hikoku Asamoto aufgetaucht. Nara hatte seinen Drachen fast zuschanden geflogen. Gespannt las Sabu Asamotos Schreiben.

"*An Hita Sabu, Fürstin von Yukokoshima, Grüße.*
Wir hörten, Eure Heimat sei von einem seltsamen und gefährlichen FEIND überfallen worden. Eurer Diener Drac Nara berichtete uns davon, soweit er Kenntnisse über die Sache hatte. Ihr versteht, dass wir uns ernsthaft Sorgen machen und deswegen unsere Truppen alarmiert haben. Unsere Sorge ist so groß, dass wir erwägen, in Euer Land einzumarschieren, um uns von der behaupteten Gefahr persönlich zu überzeugen."

"Sollte er das tun, wird es Krieg geben!", zischte Sabu. Dann las sie mit großer Wut weiter.

"Wir haben Euch eine Frist von drei Wochen eingeräumt, Antwort zu geben. Hikoku Asamoto, Fürst von Sagoshima."

Wütend rollte Sabu das Papier zusammen und warf es in eine Ecke ihres Arbeitszimmers. Dieser arrogante Asamoto. Mögen ihn die Dämonen fressen! Er wird mein Land nicht bekommen! Er nicht, und niemand anderer. Auch nicht der FEIND!

"Fürstin?" Yukomi steckte den Kopf durch den Türspalt. "Die Fürsten sind da."

"Herein mit ihnen." Die Fürsten kamen, einer hinter dem anderen. Sie verneigten sich tief vor Sabu und traten unaufgefordert an den Kartentisch. Neugierig betrachteten sie die Karten und flüsterten leise miteinander.

Sabu stand am schmalen Ende des Tisches: "Das Werk eines wahrlich großen Zauberers." Sie machte eine kleine Pause. "Genug gestaunt. Wir wurden angegriffen. Diesmal im Süden. Und es steht uns sehr wahrscheinlich eine Invasion aus dem Norden bevor, wenn ich es nicht verhindere. Ja, und es kann sein, dass die östlichen Nachbarn die Gelegenheit nutzen werden, ebenfalls ihre Interessen zu verfolgen."

Fürst Wakimo von Kimchak verneigte sich tief vor Sabu. "Ich habe einen schweren Fehler begangen, meine Fürstin. Erlaubt, dass ich Sembuke-ki begehe."

"Das kann Euch so passen, Wakimo. Es ist auch mein Fehler, denn die Befehle an Yukomi waren eindeutig. Ihr habt die richtigen Entscheidungen getroffen." Die Erleichterung stand Wakimo deutlich ins Gesicht geschrieben. "Ich habe befohlen, ein Centurum[11] an den Jakabe zu verlegen."

Fürst Ishi Maki, dunkelblau vor verhaltenem Zorn, schlug mit der Faust auf den Tisch. "Ich werde diese Schmach nicht hinnehmen, Fürstin! So wie wir hier fertig sind, fliege ich mit hundert riyuu-oyii nach Kajabe-shima und vernichte den Feind an Ort und Stelle. Und werde herausbekommen, wer der Schuldige ist!"

"Das werdet Ihr nicht tun, mein Bester." Maki sah Sabu erstaunt an. Es war völlig untraditionell, auf einen Angriff nicht sofort zu reagieren. "Wir sichern die Front am *Jakabe*, mehr nicht. Vergesst nicht den FEIND, der sich verdächtig still verhält und in unserer Erde Riesenlöcher bohrt, um etwas auszubrüten. Wir wissen, dass er hunderte, wenn nicht gar tausende dieser Krieger züchtet. Von dort droht die größte Gefahr. Deshalb müssen wir wachsam sein. Wir brauchen jeden Mann hier."

---

[11] Centurum. Etwa tausend Krieger zu Fuß

Sabu dachte an Brodor, Naeg und Lubomir. Und sie hatte Angst um ihre Freunde. Sie wandte sich an Wakimo. "Ihr werdet den Befehl sofort zurückziehen. Schickt ein halbes Centurum, das muss reichen."

Der Fürst nickte sichtlich erleichtert. "Wie Ihr befehlt, meine Fürstin", sagte Wakimo.

"Ich fliege unverzüglich mit meinen Gefährten nach Fuko. Fürst Asamoto droht mit einem Angriff auf unser Land. Den kann nur ich persönlich abwenden. Anschließend fliegen wir nach Tomichi, zum Hikoshu-ogoku. Zuvor besuchen wir aber Hita, um mit Daimio Yolo die Sicherung des Nordens zu planen. Yukomi übernimmt hier den Befehl. Ihr alle habt ihm unbedingt zu gehorchen." Es klang deutlich mit; Sabu duldete keinen Widerspruch. "Habt ihr noch Fragen oder Vorschläge?" Da keiner antwortete, sagte sie: "Ich danke Euch, meine Fürsten. Mögen wir noch Zeit haben, uns entsprechend vorzubereiten und die Götter mit uns sein." Mit einer freundlichen Geste entließ sie die Fürsten. "Wo stecken Lubomir und Naeg? Und dieser Brodor?"

"Sie sind noch nicht zurück, Herrin."

"Verdammt, was treiben sie dort so lange?" Die Frage war rein rhetorisch, denn sie wusste, dass die drei in einem gefährlichen Unternehmen unterwegs waren. "Hoffentlich war es kein Fehler."

LUBOMIR

"Na? Wen haben wir denn da?" Lubomir fuhr herum. Zwei Schritte hinter ihnen standen zwei Wächter in schwarzer Rüstung, wie aus dem Boden gewachsen. Sie waren um zwei Köpfe größer als Lubomir und einen halben als Brodor. "Was habt ihr hier zu schaffen, meharr?" Lubomir sah Naeg an. Der zuckte mit den Schultern und sagte nur mit den Lippen: "Dein Zauber funktioniert hier nicht."

Brodor fasste sich sofort. "Der HERR hat uns befohlen hierher zu kommen. Haben wir den richtigen Eingang verpasst?"

"Was quatschst du für einen Mist? Es gibt keinen Eingang. Und wer sind diese Zwerge da bei Dir?""

"Zeigt mir lieber, wie ich zum HERRN komme!" Brodor zeigte auf den Rand des Loches und anschließend auf sich. "Ich bin Brodor. Der Heerführer von Fuko!"

"Da geht's in die Fabrik." Der Sprecher der

Wache verhielt kurz. "Herr."

"Und dort ist der HERR! Dort muss ich hin! Versteht ihr nun, ihr Hohlköpfe?"

"Wir raten Euch, nicht zu nahe zu treten", sagte der Sprecher nun respektvoller, "Seht her." Er hielt seine Lanze in die Nähe der Kante. Ein Blitz, wie aus heiterem Himmel, schlug in die Spitze ein und schmolz einen Teil davon weg.

"Bei den Dämonen!", rief Brodor. "Dann ist es ja gut, dass ihr gekommen seid. Ich - wir waren ja ahnungslos! Ich mag mir gar nicht vorstellen, was mit uns passiert wäre! Und wenn ich ohne die beiden *meharr* beim HERRN ankomme …" Er machte mit dem Finger ein Zeichen quer über seinen Hals.

"Ihr habt unsere Frage noch nicht beantwortet", sagte die zweite Wache.

"Hab' ich doch! Ich bin Centurio Brodor, Heerführer des nördlichen Heeres von Fuko. Der HERR erwartet uns. Und zwar schnell. Ich habe ihm zu melden, dass das nördliche Heer aus Fuko ausgebrochen, planmäßig seinen Rückzug begonnen und nach heldenhaftem Kampf gegen die überlegenen Feinde unterlegen war. Ich bin der letzte Überlebende. Es wäre also besser für euch, wenn ihr uns helft, den rechten Durchgang zu finden, ohne dass wir gebraten werden." Brodor war in einen befehlsgewohnten Ton übergegangen und hatte auch seine Körperhaltung gründlich verändert. Das machte Eindruck auf die Wächter. "Nun?", hielt er nach.

"Der HERR ist nicht da. Das sieht man doch!"

Brodor tat, als wäre er über alle Maßen erstaunt. "Natürlich Dummköpfe! Ich wiederhole: Er hat uns hierher befohlen! Ins Loch."

Die Wachen sahen sich an. "Er wird doch nicht das da gemeint haben?" Mit dem Kopf wies der Wächter auf das Loch, aus dem dicker Rauch quoll.

"Wenn der HERR es befohlen hat", sagte die zweite Wache schulterzuckend. Auch die Wachen waren Krull, Eigeschlüpfte. Sie dachten einfach und schlicht: Wenn der HERR es so befohlen hat, dann wird es auch so sein und wird nicht hinterfragt! "Gut. Geht dort entlang, etwa fünfzig Schritte bis zu jenem Stab mit dem blauen Wimpel. Geht rechts daran vorbei. Dort ist auch die einzige Treppe in die Tiefe."

Brodor atmete tief ein. "Und hoffentlich auch zum HERRN! Ich danke euch. Vielleicht werde ich euch zu einer Belobigung vorschlagen."

"Danke, Herr. Sollen wir Euch begleiten?"

"Danke, nein. Ich schaffe das auch allein."

Sie liefen schweigend bis zur Markierung. "Gestattet, dass wir zurückgehen?", fragte sie die Wache, die sie doch bis hierher begleitet hatte.

Brodor nickte huldvoll und schickte sie mit einer hochmütigen Geste davon.

Sie erreichten den beschriebenen Wimpel.

"Nun denn ..." Brodor machte noch drei Schritte, dann blieb er wie angewurzelt stehen. "Was, bei allen tausend Dämonen und finsteren Geistern, ist das denn?"

"Die erwähnte Treppe", sagte Naeg trocken.

Sie standen am Rand des vielleicht zweihundert Schritt im Rund messenden Lochs, dessen Seiten senkrecht in die Tiefe gingen. Ein unbeschreiblicher Lärm und Gestank krochen daraus hervor. Fetter schwarzer Rauch gesellte sich dazu und stieg in die Höhe. Vorsichtig traten sie noch näher. Tief unten erkannten sie, soweit sie durch den Rauch sehen konnten, unzählige Feuerstellen, an denen Krulls Eisen schmiedeten. Dragune, die schwer beladen mit Körben und Säcken, von unbarmherzigen Aufsehern vorwärtsgepeitscht wurden und unzählige Kavernen und Stolleneingänge in den Seitenwänden des mächtigen Loches, die von Krulls mit und ohne Rüstungen und den *Gruuls* belebt waren. Geschrei tönte herauf, das Klopfen der Hämmer auf Eisen, das Sägen und die Peitschenhiebe auf nackter Schuppenhaut, Weinen und Fluchen.

"Dort, seht ihr die Treppe?" Naeg zeigte nach

links. Mit der rechten Hand hielt er sich ein Tuch vor Mund und Nase. Treppe war wohl übertrieben. Als sie davorstanden, erkannten sie es; Eine abenteuerliche Konstruktion aus Holz, die mit Nägeln und Seilen irgendwie zusammengehalten wurde. Sie führte nach unten, auf eine ebenso windschiefe, wie fragile Balustrade, die um die Wand des riesigen Loches herumführte. Und von dieser Balustrade gingen weitere Treppen und Leitern zu weiteren Umgängen ab und noch mehr Leitern führten in die rauchgeschwängerte Tiefe. "Da gehe ich nicht runter", protestierte Brodor.

"Komm schon, verdammt." Lubomir schnappte sich Brodors Arm und zog ihn zur Treppe. "Wenn Deine Brüder darüber laufen können, kannst Du das auch. Also?" Widerstrebend folgte Brodor. Vorsichtig setzte er einen Fuß auf die Konstruktion, dann den nächsten. Er hielt den Atem an. Augenscheinlich hielt der Aufbau besser, als er versprach. Wenn auch vorsichtig, kletterten Brodor, Naeg und Lubomir zunehmend mutiger den seltsamen Bau abwärts. Dann standen sie auf der ersten Balustrade und sahen sich um.

"Wir müssen so tief, wie möglich. Seht, dort unten, wo die Schmiede arbeiten, scheint es am besten zu sein." Lubomir hatte sich über das wacklige Geländer gebeugt. Naeg tat es ihm gleich. "He, Brodor, was ist?"

"Mir wird schlecht. Lasst uns lieber schnell weitergehen. Dort drüben geht eine Treppe bis zum Boden der Höhle." Ständig mussten sie Krulls oder schwer bepackten Dragunen mit stumpfen Blicken ausweichen.

"Was machen wir mit den Dragunen, die hier unten sind, Lubomir?" Brodor war kurz vor der Treppe stehen geblieben.

"Wir haben keine Möglichkeit, sie herauszuholen. Sie werden ebenso sterben, wie die Krulls."

"Und das verschafft Dir keine Probleme?"

"Es verschafft mir Probleme. Aber ich muss wie ein Feldherr denken, der seine Soldaten in die Schlacht führt. Er weiß, dass viele sterben müssen, verwundet werden oder als Krüppel enden. Und nicht einmal der Sieg ist sicher."

"Und werden wir siegen? Werden die Opfer einen Sinn haben?"

"Ja. Wir werden siegen, Brodor." Und leiser wiederholter er für sich selbst: "Wir werden siegen."

Unangefochten stiegen sie die Treppe hinunter. Sie passierten zehn Balustraden, bis sie den Grund erreicht hatten. Es war schlierig und schlammig. Und stank fürchterlich. Brodor rümpfte die Nase und erschrak. Denn hier trat ein riesiger Krull auf sie zu. "Was macht ihr denn hier?"

"Wir sind der Reparaturtrupp", log Brodor blitzschnell. "Die, äh, Gitter der Gefangenen …"

"Ist gut. Wir warten schon lange auf euch. Meine Leute haben keine Zeit für solchen Unsinn." Der Riese zeigte mit dem Daumen über die Schulter. "Dahinten. Macht hin, bevor die meharr ausbrechen können. Sie haben es schon zweimal versucht."

"Oh, oh! Dann beeilen wir uns. Welche meinst Du, die rechts oder links?"

"Links. Gleich die ersten beiden."

"Geht in Ordnung." Brodor humpelte nun, wie ein Veteran mit vielen alten Verwundungen. "Kommt, ihr Krüppel", sagte er zu Lubomir und Naeg. "Und vergesst nicht, das Werkzeug mitzunehmen."

"Ja Herr", krächzte Lubomir. Er ging, ein Bein hinterherziehend, zu einem der Schmiede. "Leih' ich mir mal kurz." Er griff nach einem herumliegenden Hammer und einer Zange.

"Aber das ist meins!"

"Kriegst ja wieder, Hohlkopf." Lubomir schlurfte zurück zu seinen Freunden. "Dann mal los", flüsterte er. Auf dem Weg zu den Höhlen der Gefangenen reifte in ihm ein Plan, wenigsten einige von ihnen herauszuholen. Er hatte gesehen, dass nur der Riese hier unten Wache hielt. Wenn sie ihn ablenken oder – "Soll ich dem Kerl die Kehle durchschneiden?", fragte Brodor grinsend, denn er hatte Lubomirs Blick gesehen. Lubomir nickte, während er weiterging. "Aber unauffällig."

"Unauffällig! So lautet mein zweiter Name", flüsterte Brodor und schlich zu der Wache.

Lubomir war bei den Höhlen angekommen. Er drehte sich um und sah, wie der Riese zusammensackte. Brodor ließ den Toten sacht zu Boden gleiten. Dann sah er triumphierend zu Lubomir und nickte.

"Gut." Lubomir drehte sich zu den Gefangenen um. Er hatte jetzt die Gestalt eines Dragun angenommen. Einige Gefangene waren neugierig an das Gitter gekommen und hatten wohl auch gesehen, wie ihr Wächter zu Boden gegangen war. "Hört zu. Ein paar von euch können wir herausholen. Wer gesund ist und die Kraft hat, uns zu folgen, kommt mit mir. Und – äh – der Krull dort, der mit dem grauen Umhang gehört zu uns. Dass ihr ihm nichts tut." Brodor war eben nähergetreten. Er überreichte Lubomir einen Bund mit Schlüsseln. Lubomir lächelte. Er hatte gespürt, dass er hier unten wieder Magie zur Verfügung hatte. Als er die Hände hob, hielt ihn Brodor auf. "Nein, der HERR wird es merken."

"Hast Recht." Er nahm das Schlüsselbund und

begann die Zellen zu öffnen. Niemand kümmerte sich um sie. Die Krullschmiede hämmerten und schmolzen und bogen, und hatten keinen Blick für ihre Umgebung. "Brodor geht vor, dann die Gefangenen. Du findest sicher eine Ausrede. Naeg sichert von hinten. Ich bereite hier inzwischen alles vor. Wir haben wenig Zeit."

Es waren nur drei Gefängnishöhlen, aus denen vierzig Dragune herauskamen. Viele verletzt, aber in der Lage zu gehen. Sie schlossen sich einfach Brodor an. Manche verwundert, die meisten aber noch paralysiert von den Schlägen und der schweren Arbeit. Sie folgten einfach.

"Los, die Leitern hoch. Beeilt euch!" Sie stiegen Brodor hinterher. Nachdem der letzte den Ort verlassen hatte, folgte ihnen Naeg. Er sah sich noch einmal nach Lubomir um. "Mach schnell", rief er durch den Lärm der Schmiede.

"Wartet nicht auf mich! Macht, dass ihr genügend Abstand gewinnt!" Lubomir folgte jetzt seinem Plan. Er ging in die Höhle, dicht am Durchgang zu den Brutstätten der Krulls. Schwerkranke oder sterbende Dragune lagen auf behelfsmäßigen Liegen. Manche sahen ihn an, doch der große Teil lag nur noch apathisch da. Um nicht auszugleiten, balancierte er vorsichtig über den schmierigen Boden. Es stank unerträglich nach Urin und Exkrementen. Sein Ziel war der hintere Teil der Aushöhlung. Dort deponierte er ein Gerät, dass er Höllenmaschine nannte, an dem er lange gebastelt und all seine magischen und alchemistischen Kenntnisse eingebracht hatte. Er hoffte, dass sie stark genug sein würde, um diese Fabrik des Todes zu vernichten. Die Maschine, kaum größer als ein Schmuckkästchen einer verwöhnten Draguna, stellte er in eine Ecke auf einen Haufen Lumpen und deckte sie mit Lumpen ab. Dann lief er, so unauffällig wie möglich, zurück zur Leiter. Kaum war Lubomir ein paar Stufen hochgestiegen, tönte von unten eine Stimme:

"He, du, warte mal."

Lubomir verharrte. Schnell erspürte er, ob hier seine magischen Kräfte wirken würden. Ja, es war genügend Äther vorhanden. Doch ehe er dazu kam, etwas zu unternehmen, erhielt er einen Schlag auf den Hinterkopf. ‚Hoffentlich haben es Brodor und Naeg geschafft', war sein letzter Gedanke, bevor er in eine Ohnmacht versank.

SABU

Auf dem Flug nach Fuko drehte Sabu nach Osten ab. "Ich will wissen, wie es in Hita steht!", rief sie ihren Vertrauten zu. Regelmäßig erhielt sie Nachrichten von Yolo aus Hita, die ihr Raben überbrachten. Aber es war eben der Augenschein, der für die Fürstin wichtiger war als schriftliche Berichte. Sabu war der erste Herrscher, der das Nachrichtensystem aus Higashima nahezu vollständig übernommen hatte; Raben als Boten der Lüfte. Sie waren ausdauernder, als Boten zu Fuß, die, wenn alles gut ging, vierzig Meilen am Tag schafften. Und auch die Drachen waren nicht wesentlich schneller, da sie sehr groß waren und viele Pausen unterwegs benötigten. Und zu übersehen, waren sie gerade nicht. Raben waren schneller, ausdauernder und unauffälliger.

Es war eine große Gruppe Drachen, die mit Sabu flogen. Hoboke, Saboke, Yamato, allein fünfzehn Leibgardisten und sogar Ken'ichi begleiteten sie. Schmerzlich vermisste sie Lubomir und Naeg, und auf eine gewisse Weise sogar Brodor. Doch die Geschehnisse um ihr Land herum geboten Eile.

Wieder verkrampfte sich ihr Herz, als sie die Grenze zum zerstörten Land erreichten. Immer noch war es ein schwarzer, unfruchtbarer Streifen und die Dörfer rechts und links davon ausgestorben.

Sie rasteten in einem der Dörfer, die verlassen in der Nähe der Todeszone lagen. Die Natur holte sich verlorenes Territorium zurück. Sabu stellte fest, dass es dringend notwendig war, die toten Orte wieder zu beleben. Und wie? Darum haben sich die zuständigen Fürsten zu kümmern, und zwar schnell. Genau! Sabu nickte sich selbst zu.

Das Herrenhaus roch nach Erde und Wald. Der Garten verwilderte ebenso schnell, wie die Felder drumherum. Draußen gingen die Wachen auf und ab. "Keine Vorkommnisse!", meldeten sie, wenn sie sich auf ihrem Postenweg begegneten, um dann in die entgegengesetzte Richtung zu gehen. Hoboke zauberte ein Abendessen, sie tranken vom mitgebrachten Wein und schwiegen. Was sollten sie auch sagen, angesichts der Zerstörung ringsumher. Nach dem Abendessen erhob sich Sabu schwerfällig. Es war nicht nur die Müdigkeit durch die Reise, sondern auch durch die Ungewissheit und die Bedrohungen von allen Seiten. Sie spürte förmlich die Gier der Nachbarn nach ihrem Land. Sie rollte den *tami* aus und hockte sich darauf. Dann versenkte sie sich in

Meditation. Es dauerte lange, bis sie die Ruhe fand und, wie sie meinte, sich von ihrem Körper trennte, um den Geist frei gleiten zu lassen und zu schweben.

Blau. Sie schwebte in einem unglaublichen Blau. Sabu fühlte sich groß und weit und unendlich. Es war, wie wenn sich die Welt ihr erklärte. Sie verstand die Worte nicht, aber sie spürte, dass ihr Kraft zufloss, die sie bisher vermisst hatte. Ihre Zweifel verflogen und Etwas erklärte ihr, was sie zu tun hatte. Sie nahm es in sich auf, ohne zu verstehen. Sie wusste, wenn sie wieder in der realen Welt sein wird, dass sie dann verstanden hatte. Das Blau flackerte. Jemand sprach sie an.

"Fürstin?" Sabu hob die Hand zum Zeichen, dass sie verstanden hatte. "Es ist früher Morgen, wir müssen weiter." Früher Morgen? Hatte sie so lange meditiert? Mit steifen Knien erhob sie sich. "Ich komme." Es dauerte noch ein paar Sekunden, bis sie wieder vollständig bei sich war.

Hoboke stand in der Tür, sah sie mit großen Augen an. Er verneigte sich tief. Was hat er gesehen? Was war an ihr anders als an anderen Tagen, nachdem sie aus der Meditation gefunden hatte? "Meine Fürstin", flüsterte er und machte, immer noch tief gebeugt, den Weg frei. Der Schmerz in den Knien hatte nachgelassen. Sie lief den kurzen Flur zur Halle des Hauses, in dem sie gestern zu Abend gegessen hatten. Es duftete nach Tschai und frisch gebackenen Brotfladen. Als sie den Raum betrat sahen alle auf, und wie auf ein Zeichen, verneigten sich alle Anwesenden tief und warteten, bis Sabu Platz genommen hatte.

"Was?", fragte sie in die Runde.

Saboke fand als erster die Sprache wieder. "Ihr seht aus wie – also - anders, sozusagen."

"Wie eine Kaiserin", flüsterte Hoboke, aber so, dass alle es hören konnten.

"Kaiserin? Wie kommst du darauf, Hoboke. Niemand denkt daran, jemals wieder eine Tenni-Herrschaft einzuführen."

"Aber besser wäre es", mischte sich Ken'ichi ein. "Der Hikoshu-sham ist schwach. Er weiß nicht, wie er die igoki zusammenhalten soll." Er stutzte. "Besser, auseinander", ergänzte er grinsend.

"Unsinn. Schlagt euch das aus dem Kopf." Sabu stutzte. "Wie kommt ihr darauf, dass ich wie – wie eine – Kaiserin aussehe?" Sie sah an sich herunter. Heute trug sie einen schlichten dunkelroten Kimi mit eingewebten goldenen Schlangen, dazu einen Gürtel aus Goldbrokat und einfache Sandalen. Was sollte an ihr kaiserlich aussehen? So ein Unsinn!

"Aber –", begehrte Hoboke auf. Doch Sabu

machte eine herrische Handbewegung: "Schluss damit. Kein Wort mehr."

Sie befanden sich wieder in der Luft. Immer noch flogen sie an der Grenze der Wüstenei nach Norden. In die andere Richtung waren drei Raben nach Somo unterwegs. An ihren Füßen trugen sie Kartuschen mit Befehlen an die Fürsten der Mitte, unverzüglich mit dem Wiederaufbau des zerstörten Landes in ihren Lehen zu beginnen. Sabu wusste, dass sie nahezu Unmögliches verlangte, denn die militärischen Aufwendungen brachten die Daimios in nicht geringe Schwierigkeiten. Doch sie war überzeugt, dass es von größter Bedeutung war, dass die Ressourcen, die durch den Überfall verlorengegangen waren, wieder hergestellt werden mussten.

Noch sechs Stunden etwa, dann würden sie Hita erreichen, Zeit genug, um seinen Gedanken nachzuhängen. Was sollten die seltsamen Blicke und Reaktionen ihrer Vertrauten bedeuten, nachdem sie aus der Meditation zurückgekehrt war. *Ich, Kaiserin? Was hatte sich verändert in oder an mir? Doch nichts! Oder?* Es hatte Zeiten gegeben, in denen die Dragungesellschaft von Kaiserinnen beherrscht wurde. Es waren kurze Zeiten, aber, wenn die Geschichtsschreibung einigermaßen stimmte, friedliche. Bis dann wieder ein Usurpator auf den Plan trat. Und unter der scheinbaren Ruhe seit Osamu, dem Rechtsamen, vierundachtzigster Hikoshu-sham, gährte es in den Herrenhäusern. Die *higashi-ono-imiya*, die "Wiederbringer Higashimas" gab es, die *Gerechten Sinis*, die die Partei um den Hikoshu-sham darstellten, und diejenigen, die wieder eine Tenni[12] auf dem Thron heben wollten. Am liebsten unter ihrer Fuchtel. Man versammelte sich im Untergrund, plante, diskutierte, jammerte und klagte. Aber sie blieben untätig. Es war eher ein Spiel mit dem Feuer, nicht das Feuer selbst. Sabu drängte nichts dazu, Tenni zu werden, Higashima zu überfallen oder sonst etwas zu ändern. Nein! Nicht das Geringste. Sie wollte nur eines: Frieden und Ruhe, und dass es ihrem Volk gut gehe. Zur Feier ihrer Ankunft in Hita trug sie ihre goldene Rüstung mit den Schwanenflügeln. Neben ihr flog Hoboke in seiner prächtigsten Rüstung, die Fahne Hitas flatterte knatternd über seiner Schulter.

"Dort, Fürstin, seht!" Einer der Gardisten zeigte nach vorn. In der dunstigen Ferne zeichnete sich mitten in der schwarzgrauen Wüstenei ein

---

[12] Tenni waren in Higashima Kaiserinnen. Die Drachen- und später die Dragungesellschaft kannte nur Kaiserinnen. Daher gibt es keine männliche Form der Tenni.

leuchtender grüner Fleck ab. Und über diesen erhob sich stolz der Burgturm von Hita. Und je näher sie kamen, desto mehr Details erkannte sie; Straßen, Wege, Felder, Häuser. Und das doppelte Quadrat der Mauern der Burg von Hita. Sabus Herz schlug heftiger, als sie sah, dass auf den Feldern und den Wegen Dragune ihrer Arbeit und Geschäften nachgingen. Sie sah, wie sie nach oben blickten und winkten. Und dann erhoben sich aus der Burg zwei mächtige Drachen, die auf sie zukamen. Der vordere Reiter, es war Yolo, trug auf seinem Rücken das Banner Yukoshimas und der zweite das von Hita. Als sie Sabus Formation erreichten, schwenkten sie elegant ein und übernahmen die Führung.

Von oben sah Hita aus, wie ein riesiges Go-Brett. Sabu war stolz auf Yolo. Die Straßen waren rechtwinklig angelegt, wie zu Zeiten ihrer Vorfahren. Die Häuser sahen neu aus, die Gärten strahlten in frischem Grün. Die Felder um Hita waren frisch bestellt, auf den wenigen Weiden grasten inous[13] und rikomas[14], und im Osten rauchten schon die Essen von Werkstätten und Schmieden. Sie überflogen die Burg Hita. Es waren Gebäude dazugekommen und neue Gärten angelegt. Und der Fluss Ono, der früher durch

---

[13] Sechsbeinige schafähnliche Wiederkäuer mit drei Hörnern
[14] Sechsbeinige Rinder

Hita geflossen war, speiste den Graben um die äußere und innere Burg und einen Teich in der Vorburg mit den Wohnhäusern der Diener und den Kasernen der Garnison und den Ställen für die Pferde und Drachen.

Sie steuerten eine große Wiese in der Hauptburg an. Sabu war gespannt wie ein Bogen. Sie musste so schnell wie möglich erfahren, wie Yolo diese Leistung vollbringen konnte. Begeistert sprang sie von Tsuyoshi und lief zu Yolo.

"Verzeiht, Herrin." Yolo kniete auf dem Boden und drückte den Kopf auf das Gras.

Sabu blieb vor ihm stehen. "Erhebt Euch, Yolo. Bei allen guten Geistern! Was soll ich Euch verzeihen?" Und während Yolo aufstand und Haltung annahm, marschierten im Hintergrund Soldaten auf. Abgelenkt sah die Fürstin den Aufmarsch. Es waren etwa zweihundert Krieger in schwarzen Rüstungen. Sie nahmen Aufstellung und ein Offizier trat zwei Schritte vor. "Was, bei den guten *kami* ist das?" Sie ließ Yolo stehen und ging zu der Formation der schwarzen Krieger. Der Offizier trat noch einen Schritt vor und erwartete Sabu.

Es waren riesige Krieger. Noch einen Kopf größer als Yolo. Sabu kam sich vor, wie ein Zwerg. Ihre Rüstungen waren aus geschwärztem

Leder, das mit Eisenplatten belegt war. Die Helme waren geschlossen, aus den Sehschlitzen blitzten gelbe Drachenaugen. An der Seite trugen sie mächtige Breitschwerter und mit dem linken Arm hielten sie eiserne Schilde. Als Sabu vor dem Offizier stand, schlug sich dieser mit der rechten Faust vor die Brust und rief "Hita!" Und aus zweihundert Helmen klang es dumpf: "Hita!" Der Offizier hielt seinen Helm unter dem linken Arm. Er sah aus, wie alle Dragune, und abgesehen von seiner Größer gab es ein paar wesentliche Unterschiede; Sein Gesicht war länger und auf dem Kopf trug er zwei schwarze Hornkämme von der Stirn bis in den Nacken. Die Schuppen waren hellbraun und grau und die Augen leuchteten gelb.

Inzwischen hatte Yolo aufgeschlossen. Sabu drehte sich zu ihm um. "Nun?", wollte sie wissen und zeigte mit dem Kopf zur Formation der Soldaten.

"Es ist Eure persönliche Garde, meine Fürstin. Sie stammen aus dem Fünf-Finger-Land. Man nennt sie auch die Unsterblichen oder die Ehrlosen."

"Aha", war alles, was Sabu dazu sagen konnte. Die Fürstin kannte grob die Geschichte der Unsterblichen. Es handelte sich, so wusste sie von ihrem Vater, um Dragune, die aus Higashima stammten. Vor etwas mehr als zweihundert Jahren waren sie von dort geflohen und in Sini aufgetaucht. Man wiess ihnen das Fünf-Fingerland zu, also waren sie geblieben. Sabu schritt die Front ihrer Gardisten ab, und versuchte, durch die Sehschlitze der Helme in die Augen der Krieger zu sehen. Doch das ging nicht, sie war einfach zu klein und die Sehschlitze zu schmal. Aber wenn sie an einem der Krieger vorbeiging, richtete sich dieser noch mehr auf und Stolz lag in seiner Haltung. Sabu ging zurück zu Yolo und dem Offizier, die im achtungsvollen Abstand gewartet hatten. "Wir haben eine Menge zu bereden, Yolo-oiyii." Yolo verfärbte sich im ganzen Gesicht blau. Dann wandte sie sich an den Offizier. "Wie ist Euer Name?"

"Duron, der Siegreiche, meine Fürstin."

"Dann folgt uns, siegreicher Duron." Der Offizier grinste breit und setzte sich in Bewegung.

Yolo hatte sein Land wirklich gut im Griff. Jeder, der nicht dringend mit wichtigen Dingen zu tun hatte, war zu Begrüßung der Fürstin angetreten. Duron wollte die Spitze übernehmen, wohl meinend, er müsse Sabu schützen. Doch sie bat ihn bestimmt, aber höflich, zu folgen.

"Und nun berichtet, Yolo."

Sie saßen im Kabinett der Fürstin, einem

Zimmer von acht tami[15]. Schweigsame Diener hatten Kissen ausgelegt und einen Imbiss bereitgestellt. Zuerst stockend, dann immer konzentrierter begann Yolo: "An den ersten drei Tagen saß ich nur da. Mir schwirrte der Kopf, denn die Verantwortung, die Ihr mir so unerwartet auferlegt hattet, schien mir dann doch zu hoch. Ich wusste nicht, wo beginnen. Doch dann half mir Komo. Er hatte die grundlegende Idee. Er meinte, so im Vorbeigehen: Zuerst brauchen wir Schutz, Yolo-oiyii. Aber woher Soldaten nehmen? Da fielen mir die Unsterblichen ein, von denen ein weitläufiger Verwandter irgendwann einmal berichtet hatte, weil er dort gewesen war. Sie sind bei uns nicht besonders angesehen." Mit einem Seitenblick sah er zu Duron, der über das ganze Gesicht grinste. "Aber mein Verwandter war begeistert. Ich bat Komo, sich um die Burg zu kümmern und reiste ins Fünf-Fingerland, heimlich, denn ich wollte nicht irgendjemanden Rede und Antwort stehen. Es ging gut, bis ich die Grenze zu den Unsterblichen überschritt. Ich hatte noch nicht einmal einen halben Fuß in ihr Gebiet gesetzt, als ich gefesselt am Boden lag. Sie schleppten mich in ihre Stadt, und dort musste ich

---

[15] Tami – Schlafmatte aus Rohr oder Bambus mit Filz belegt. Es ist gleichzeitig ein Flächenmaß für Räume und Häuser

warten. Drei Tage. Und das nennen sie dann Gastfreundschaft!" Doch Yolo schmunzelte. "Sie haben mich gut behandelt. Besser als wir, die wir unsere Gefangenen in ein Loch werfen." Sabu beobachtete während der ganzen Erzählung Duron, der mit untergeschlagenen Beinen aufrecht wie eine Statue saß und ab und an nickte. "Ich hatte die Ehre", setzte Yolo fort, "von Duron befragt zu werden. Und als ich dann nach umständlicher Vorstellerei und dem Austausch von Höflichkeiten endlich zu Sache kommen konnte, dass ich nämlich Krieger suche, die mir und vor allem Euch, meine Fürstin, treu, ergeben und bedingungslos dienen wollten, schickte man mich zurück in mein Gefängnis – übrigens ein Haus, das ich zwar nicht verlassen durfte, in dem es mir aber an Nichts fehlte."

An nächsten Tag war Duron in Yolos Haus gekommen.

„Wozu benötigt Ihr Krieger?"

Yolo erzählte ihm die ganze Geschichte und als er fertig war, sah ihn Duron lange an.

„Wartet."

Am späten Nachmittag war er wieder da. "Kommt mit", hatte er trocken gesagt und war mit ihm zur Burg der Unsterblichen gegangen. "Seht Euch das an, und dann entscheidet." Auf dem Hof der Burg waren zwanzig Dragune angetreten. Alle in schwarze Rüstungen gekleidet. Duron machte mit der Hand ein Zeichen, und die Dragune begannen, miteinander zu kämpfen. Yolo, selbst ein guter Schwertkämpfer war erstaunt. Sicher waren die Unsterblichen keine eleganten Fechter, denn mit ihren Breitschwertern, von denen einige sogar Doppelhändig geführt wurden, hieben sie eher aufeinander ein, als dass sie im ritterlichen Zweikampf gegeneinander fochten. Doch Yolo fand, dass das Ergebnis das gleiche wäre. Am Ende der Vorführung fragte Yolo: "Darf ich auch?"

"Bitte." Duron winkte einem der Dragune und erklärte, um was es ginge.

„Und?"

"Nun ja, meine Fürstin. Es war schon eine Erfahrung. Der Gegner schlug mir einfach das Katani aus der Hand und ich spürte die Spitze seines Schwertes an meinem Hals."

"Aber er fühlte Euer Kurzschwert an seiner Seite. Eine Pattsituation, meine Fürstin", sagte Duron lächelnd.

"Tja, und seitdem dienen Euch dreihundert Unsterbliche. Sie haben auf den kano-i'iyo geschworen."

Sabu sah erst Yolo, dann Duron an. "Dann, seid Willkommen, edler Duron, Ihr und Eure Leute."

Duron schlug sich mit der Faust auf die Brust. "Wir dienen dem Hause Hita!", meldete er stolz. *Das will ich hoffen*, dachte Sabu. "Und weiter, Yolo, woher kommen die Bauern und Handwerker? Wie hab Ihr das alles so schnell wieder aufbauen können?"

"Das ist Komos Verdienst. Eines Tages, als ich noch bei den Unsterblichen weilte, besuchte Baldur, der Zauberer aus Higashima, unsere Burg. Komo kannte ihn nicht, doch irgendwie muss es dem Zauberer gelungen sein, sein Vertrauen zu gewinnen. Also schilderte er ihm unsere Lage, dass Ihr in Somo seid, um Euch um den Feind zu kümmern und es an Dragunen fehle, die die Burg und das Land bewirtschaften sollten. Baldur verschwand wieder, ohne etwas versprochen zu haben. Und wenige Tage später standen die ersten Bauern und Handwerker und sogar freie Sarus vor unserem Burgtor. Viele waren Flüchtlinge, andere hatten gehört, dass es in Hita viel Arbeit gäbe. „Ich sandte noch ein paar Raben zu meinem Vater, der Leute schickte. Beamte, die vor allem in der Verwaltung einer Burg bewandert sind. Und auch die beiden Drachen sind uns einfach zugeflogen. Eines Morgens waren sie da und blieben. Ja, und dann ging es Schlag auf Schlag", erzählte Komo.

Yolo verneigte sich. "Tja", sagte er und machte

mit den Armen eine komische Bewegung, so, als sei ihm das alles nur zugeflogen.

"Ich danke euch, Yolo, Komo. Und auch Euch, Duron. Überbringt den Bewohnern Neu-Hitas meinen Dank." Sabu verneigte sich tief, was zu Folge hatte, dass Yolo und auch Komo tiefblau anliefen, während Duron sich schweigend vor die Brust schlug und den Kopf senkte.

LUBOMIR

Lubomir zuckte zusammen. Jemand trat ihm in die Seite. Er öffnete die Augen und stellte fest, dass er sich immer noch im Loch befand. Er lag am Boden und um ihn herum standen drei Krulls. "Na, wie fein. Da isser wieder." Lubomir drehte sich auf die Seite und stand vorsichtig auf. Er schüttelte den Kopf. Ihm tat der rechte Ellenbogen weh und der Rücken. Ganz zu schweigen von der Beule am Hinterkopf, auf den er einen mörderischen Schlag bekommen haben musste.

Der Krull, der sich über Lubomirs Erwachen so gefreut hatte, beugte sich ein Stück herab. "Was bist'n du für einer? Du hörst doch nich her?"

Gehörst und hierher, dachte Lubomir wütend, eher über sich selbst. Dann fiel ihm etwas ein. Diese Krulls hatten keine Ahnung, wer oder was er war. "Der HERR schickt mich, ihr Weichbirnen." Lubomir straffte sich, wenn auch mit Schmerzen. "Ich bin Lubo, der Gehilfe des HERRN. Ich soll Unregelmäßigkeiten hier unten …" Hinter ihm erscholl Gelächter. "Gute Ausrede", tönte eine junge, aber eiskalte Stimme. Dann spürte Lubomir diesen Jemand hinter sich und eine Gänsehaut zog über seinen Rücken. Der FEIND?

"Dreh dich um, ich will dein Gesicht sehen." Und während er sich langsam umdrehte, gingen Lubomir hundert Fragen in Blitzeschnelle durch den Kopf: wie lange war ich ohnmächtig, wie lange noch bis zur Explosion, wo sind Brodor und Naeg, hätten wir noch mehr herausbringen können? Vor ihm stand ein junger Mensch in einer dunkelbraunen Robe. "Sieh an, ein Mensch."

Das kann nicht der FEIND sein, dachte Lubomir. Nicht dieses halbe Hähnchen! "Wer seid Ihr?" Kaum ausgesprochen, kam ihm diese Frage absurd vor, hatte er alles erwartet, nur keinen Menschen.

"Das geht dich nichts an. Greift ihn euch!" Der Mensch drehte sich weg, um sich sofort wieder Lubomir zuzuwenden. "Halt! Was soll's. Ich bin

Margur, Sohn des Margorokk."

Lubomir spürte Kälte und Magie. Von wem oder was sie ausging konnte er nicht erkennen. Nur, dass sie da war. Und ein unbestimmtes Gefühl machte sich breit, wie wenn er gleich abheben würde.

Sie sahen schon das Ende des Lagers und den Somo durch die Stämme der Uferbewaldung, als das Inferno ausbrach. Die Explosion fetzte sie regelrecht von den Füßen. Sie segelten durch die Luft, und mit ihnen Krulls und Zelte und Waffen und alles, was nicht fest mit dem Boden verankert gewesen war. Naeg hoffte nur, nicht von einem scharfen Gegenstand aufgespießt zu werden. Und mit der Druckwelle erreichte sie eine Front glühend heißer Luft. Dann wurden sie wieder zurückgerissen, schlidderten über den sandigen Boden, trafen Gegenstände und Zelte und Töpfe, Und dann hörten sie einen ohrenbetäubenden Krach. Der junge Zauberer landete auf dem Rücken und rutschte noch etliche Schritte über den sandigen Boden und blieb liegen. Jetzt war es still. So still, dass es in den Ohren dröhnte. Naeg richtete sich vorsichtig auf und sah zurück. Dort, wo sich bis vor Kurzem das Loch befunden hatte, stieg eine Wolke aus glühend heißem Gas, Asche und Dreck in den grauen Himmel und dehnte sich immer weiter aus. Das Lager des FEINDES war auseinandergeweht. Krulls rannten irritiert umher oder saßen still auf der Erde. Es gab Tote und Verwundete, Überlebende lagen auf dem Bauch und hielten sich die Hände vor dem Kopf. Und wieder andere starrten das Phänomen an, das sich bedrohlich in den Himmel erhob und ihn fast bedeckte.

"Götter!" Naeg stand auf. Fasziniert sah er auf die Wolke und Trauer erfasste ihn. *Lubomir kann es niemals geschafft haben, da herauszukommen,* dachte er. Zu allem Überfluss begannen Zelte und Ausrüstungen zu brennen. Krulls rannten hin und her, versuchten zu retten, was zu retten war. Doch die meisten starrten nur auf die riesige schwarze Rauchwolke, die allmählich die Form eines Pilzes annahm und aus dem jetzt Blitze fuhren. Donner grollte und Dreck und Staub rieselte auf die Erde.

"Wir müssen hier weg, schnell!" Brodor zerrte an Naegs Mantel, "Das wird dem HERRN ganz sicher *nicht* gefallen!"

Naeg erwachte aus seiner Erstarrung. Die Dragune, die es mit ihnen aus dem Loch geschafft hatten, sammelten sich um ihn. "Ja. Wir müssen die Verwirrung ausnutzen und schnell von hier verschwinden. Folgt mir! Und bleibt zusammen!"

Je näher sie dem äußeren Ring des Lagers kamen, desto mehr Krulls begegneten ihnen.

Doch die kümmerten sich nicht um die Flüchtlinge. Sie waren zu sehr mit sich selbst beschäftigt. Naeg frohlockte. Sie liefen und sprangen und duckten sich, rannten durch den schütteren Wald, der inzwischen an etlichen Stellen brannte. Dann standen sie endlich am Ufer des Somo. "Schnell, 'rüber geschwommen!"

"Halt! Stehen geblieben!" Naeg drehte sich um. Eine Gruppe von fünf Krulls bedrohte sie mit gespannten Bögen. "Glaubt ihr, ihr könnt uns entwischen, ihr *meharr*?"

Naeg zögerte keine Sekunde. Es war nicht mehr wichtig, ob der FEIND spürte, dass jemand in seinem Gebiet mit der Magie hantierte. Er bewegte die Hand, als wolle er eine Fliege beiseite wischen. Augenblicklich stürzten die Angreifer schreiend zu Boden, rutschten mehrere Klafter über das steinige Ufer und blieben still liegen.

"Sind sie tot?", fragte Brodor.

Naeg nickte. "Schnell weiter!"

Am anderen Ufer stiegen sie aus dem Wasser. Brodor zählte durch und atmete auf. Niemand war ertrunken oder abgetrieben worden. Nur einer fehlte: Lubomir.

Die Explosion im feindlichen Lager, vor allem die Druckwelle, war noch weit bis nach Somo hinein, zu spüren. Die gewaltige Rauchwolke, die sich nach oben pilzförmig verbreiterte, rief abergläubige Reaktionen bei den Soldaten und Bewohnern Somos hervor. Sie warfen sich zu Boden und beteten zu allen tausend Göttern Sinis. "Die Dämonen kommen!", riefen manche und schlossen mit ihrem Leben ab. Doch als die Wolke durch den Wind zerpflückt wurde und der schwarze Rauch langsam nach Osten abzog, richteten sie sich wieder auf. Sie erkannten, dass die Explosion im Lager des Feindes stattgefunden haben musste. Und als der erste unter ihnen zu jubeln begann, weil er glaubte, der FEIND sei nunmehr vernichtet, fielen alle in seinen Jubel ein. Und in der Burg liefen die Fürsten im obersten Stockwerk der Burg zusammen, um mehr erkennen zu können.

AMARI

Der Offizier, dem die Rüstung gehört hatte, lag hinter einem dichten Busch in einem Teich. Amari hatte den Leichnam mit schweren Steinen darin versenkt, und hoffte, dass die im Wasser lebenden Aasfresser sich schnell um ihn kümmern würden.

Noch hinter dem Gebüsch ließ er die Hausfarben der Akaya von der Rüstung verschwinden und tauschte sie gegen Tomis aus. Besser er erschien als Gardist des *hikoshu-sham*, als einer der Leibgardisten irgendeines Fürstenhauses.

Er straffte sich, blickte sich schnell um. Den Grundriss der Burg wusste er aus dem Gedächtnis. Stück für Stück war er von Burgring zu Burgring gelangt, mal als Diener, dann als Soldat, einmal sogar als Joseyji. Die Blutspur, die er hinterlassen hatte, war lang. Aber er konnte keine Zeugen gebrauchen. Und nun war er ein Offizier des *hikoshu-sham* und im innersten Kreis, sozusagen direkt vor dessen Nase.

Die Wachen des Hikoshu-sham waren überall. Wenn Amari vorbeiging salutierten sie, ein Zeichen, dass seine Verkleidung funktionierte. Noch eine Stunde, und es wird dunkel genug sein für seinen Plan. Heute war eine mondlose Nacht zu erwarten, genau richtig für den Attentäter. Dunkel musste es sein. Möglichst noch dunkler als dunkel! Er wollte abwarten, bis der *hikoshu-sham* das Versammlungshaus verließ, um in seines zu gehen. Dabei wurde er nur von zweien seiner Gardisten begleitet. Das wäre die Gelegenheit, Tomi Taichi die Kehle durchzuschneiden. Und für seine Flucht.

Die Herren der Familien saßen noch

beisammen und berieten. Möglichst unauffällig ging Amari auf die Halle der *hikoshu-ugoku* zu. Eben, als er sich nach hinten wenden wollte, stürmte aus einem Seitenweg ein Soldat mit einer Schriftrolle in der Hand auf ihm zu. "Halt", befahl Amari, "Wohin so schnell, Soldat?" Der Krieger war tief atmend stehengeblieben. "Zu meinem Herrn. Eine wichtige Nachricht überbringen, Herr."

"Wer ist Dein Herr?"

"Fürst Asamoto, Herr."

Amari kam ein Einfall. So leicht? Ja genau! So muss es gehen! "Gib her. Ich werde die Nachricht überbringen." Der Soldat versuchte etwas einzuwenden. "Du weißt wohl nicht, dass kein Soldat die Halle betreten darf?"

"Nein, Herr."

"Dann her damit. Ich werde …"

"Aber Ihr seid doch auch ein Soldat, Herr."

"Ich bin ein Offizier, Kerl. Ich darf! Also her damit."

Unsicher und zögerlich übergab er Amari die Schriftrolle.

"Entschuldigt, Herr." Der Soldat verneigte sich tief, "Es ist wirklich eilig."

"Gut. Ich werde es beachten. Geh."

Besser konnte es nicht laufen. Mit der Schriftrolle im Arm konnte er das Haus der vollkommenen Harmonie betreten. Dann nur noch ein paar Schritte in den Saal und Tomi Taichi erstechen. Und wenn er nicht fliehen konnte, dann sich selbst die Gurgel durchschneiden. So einfach! Entschlossen wandte sich Amari dem Haus zu.

Amari hatte mit dem Leben abgeschlossen, als er den Auftrag erhalten hatte. Deshalb war er vor Tagen in den Tempel gegangen, um mit den Vorfahren und den guten Kami Frieden zu schließen. Und wenn er Glück hatte, würde er im nächsten Leben als Offizier der Bruderschaft zurückkehren. Ganz sicher!

Als Leibgardist des *hikoshu-sham* war es kein Problem an den Ehrenwachen vorbeizumarschieren, die Grußerweisung mit einem hochmütigen Nicken zu quittieren und den Vorraum zu betreten.

"Eine wichtige Depeche für Fürst Asamoto persönlich!", meldete er stramm. Der Posten an der Tür sah an ihm herunter. Wie alle, die den *Saal der weisen Gedanken* betreten wollten, trug Amari keine Waffen – jedenfalls nicht sichtbar! Und es gelang. Er musste lächeln. Der wachhabende Offizier öffnete die Schiebetür und ließ Amari ein. Hinter ihm schloss sich die Tür. Alle drehten sich zu dem Störenfried um. Der Assassine war an seinem Ziel. Jetzt!

TSAKUSI MORI

Er teilte sich die Grube mit drei weiteren Gefangenen, Soldaten aus seinem Heer, die beim Sturm auf die Burg in Gefangenschaft geraten waren. Tsakusi Mori trug immer noch seine Rüstung, nur den Helm hatte er verloren und natürlich seine Schwerter. Er war an den Armen verletzt, mehrere wenig tiefe Schnitte hatte er sich zugetragen. Ansonsten ging es ihm gut. Bis auf die Tatsache, dass er und seine Mitgefangenen seit drei Tagen weder etwas zu trinken noch zu essen erhalten hatten. Niemand in der Grube hatte in dieser Zeit irgendein Wort gesagt. Sie sahen zu Boden oder liefen die drei Schritte, die die Grube lang und breit war, hin und her.

Ein Schatten fiel auf die Gefangenen. Doch es war nur jemand vorbeigegangen. Sie atmeten auf. Wieder herrschte Stille, nur die Geräusche der Burg drangen gedämpft zu ihnen herunter.

Es dämmerte. Moris Magen hatte aufgegeben und knurrte seit gestern nicht mehr, und wenn der Durst nicht gewesen wäre und die Angst, sich an den Wunden zu infizieren sowie diese Stille, wäre es auszuhalten gewesen. Er hörte Schritte.

"Kommt raus!", ertönte eine Stimme.

"Wer?" Mori glaubte laut gefragt zu haben, aber er realisierte, dass er nur flüstern konnte.

Über dem Gitter erschien ein Kopf: "Der da, in der Rüstung."

Der Fürst erhob sich mühselig. Ihm zitterten die Knie vor Durst und Hunger. Langsam erklomm er die Leiter und wurde, oben angekommen, grob empfangen. "Nun macht hin!"

Zu seinem Erstaunen fesselte man ihn nicht. Es waren zwei Offiziere, die ihn in Empfang nahmen. "Fürst Mori, der Kommandant erwartet Euch", sagte einer der Bewacher kalt. "Wenn Ihr folgen wollt?" Er machte eine einladende Geste zu einem Haus, etwa in der Mitte der Festung. Mori nickte. „Sorgt dafür, dass meine Soldaten Wasser und Nahrung erhalten", bat Mori einen der Offiziere. Der nickte und machte ein Zeichen zu einem Krieger, der wohl neben der Grube Wache halten musste. Mori war es zufrieden und setzte sich in Bewegung.

Sie betraten einen schlicht eingerichteten Raum ohne Fenster. Zwei niedrige Schränke mit Schriftrollen standen darin, und ein Tisch mit Schreibutensilien sowie zwei militärischen Klappsesseln. In einem der Sessel saß ein Dragun in voller Feldrüstung und mit den Abzeichen eines Heerführers, und sah Mori interessiert an. Er erhob sich und nickte dem Fürsten höflich zu. Mori nickte ebenso höflich zurück und blieb wartend stehen.

"Nehmt Platz, Fürst Mori." Mori setzte sich.

"Habt Ihr Schmerzen, Fürst?"

Die Frage klang tatsächlich besorgt. "Nein. Nur Durst. Ich habe seit drei Tagen …"

"Fukiro!"

"Herr?" Ein Soldat steckte seinen Kopf durch die Tür.

"Bringt zu trinken. Wasser, Wein und einen Imbiss!"

"Zu Befehl!"

Sie schwiegen, beobachteten sich aus dem Augenwinkel und warteten. Wenig später erschien der Soldat mit einem Tablett und verteilte Schälchen mit Essen, Becher und Karaffen mit Wasser sowie Wein auf dem Tisch. Der Duft nach Essen und der des Weines trieben Mori das Wasser im Mund zusammen. "Greift zu, Fürst Mori", sagte der Offizier, und schenkte inzwischen ein.

Es fiel Mori schwer, sich das Essen, kaltes Fleisch, Gemüse und Brotfladen, nicht einfach in den Mund zu stopfen.

"Mein Name ist Higoru Kawasake, Sohn des Higoru Mokushi, Fürst und Daimio von *Yanging*. Ich bin der Kommandant der Festung. "

Mori nickte mit vollem Mund. "Ich habe von Euch gehört, Kawasake-oiyii", sagte Mori in einer kurzen Essenspause, "Ihr seid als hervorragender Krieger bekannt. Ganz wie Euer ehrenvoller Vater." Er biss von einem Stück kaltem Fleisch ab. "Wir hatten oft miteinander gefochten, freundschaftlich natürlich. Wenn Ihr auch nur annähernd wie Euer Vater die Schwerter beherrscht, möchte ich nicht die Klingen mit Euch kreuzen müssen."

"Wir hatten schon die Ehre, Fürst Mori. Gleich hinter dem Tor, durch das Ihr wie blind gestolpert seid. Ich konnte Euch ohnmächtig schlagen und mit Ach und Krach meine Leute davon abhalten, Euch in Stücke zu hacken." Er legte den Kopf schief: "Was sollte das?"

"Was?" Mori stellte sich dumm. Er wusste, was Kawasake mit seiner Frage bezweckte. Er wollte seine Vermutung bestätigt haben.

"Was soll ich Euerm Sohn mitteilen, Fürst?"

"Mein Sohn ist jetzt der Fürst, Kawasake. Ich bin Euer Gefangener." Mori zuckte mit den Schultern. Er wusste, dass er als Geisel nicht taugte. Fürst Kasumi würde alles leugnen und ihm die Schuld in die Schuhe schieben.

Nach einer Pause, in der Mori weiter aß, sagte Kawasake: "Ihr seid nicht mein Gefangener. Betrachtet Euch als meinen Gast." Er schnippte mit den Fingern. Ein Diener kam in den Raum. "Ist das Haus für Fürst Mori bereit?"

"Ja, Herr."

"Dann lasst uns gehen, Mori-oiyii." Er erhob sich. "Ihr werdet saubere Kleidung finden, und vor allem ein Bad nehmen können."

Mori war, bis auf zwei Dragun-Dienerinnen, allein, die ihn wuschen und seinen Körper mit duftenden Tüchern abrieben. Aus dem Stapel verschiedener Kleidungsstücke suchte er sich einen dunkelblauen Kimi mit Silberstickereien in Form von Glückskäfern aus. Dazu einen grauen Gürtel. Er schlüpfte in die bereitgestellten Sandalen. Zuletzt fand er seine beiden Schwerter, die er langsam, beinahe mit Andacht, in den Gürtel schob. Langsam zog er das Katani zur Hälfte aus der Scheide. Man hatte es gereinigt und geschärft. Ein Stück der Losung war zu erkennen: *Gnade ist, was ich gebe.* Er ließ es nachdenklich zurückgleiten.

Es klopfte.

"Ja?" Mori richtete sich auf. Die Tür wurde beiseitegeschoben. Draußen warteten zwei Wachen. Sie neigten höflich die Köpfe. "Herr. Kommandant Higoru Kawasake erwartet Euch." Mori sah den Sprecher streng an. Der grinste und zeigte dabei eine Reihe spitzer, schneeweißer

Zähne: "Wir sollen Euch begleiten, Fürst Mori-oiyii, nicht bewachen."

Mori nickte. Natürlich war er Gefangener, nicht Gast, denn er saß in einer belagerten Burg fest. Alle waren sie Gefangene! Gefangen in einer Gesellschaft, die unbedingten Gehorsam und Einhaltung der Tradition erwartete – bis zum Tod. Auch bis zum sinnlosen Sterben.

Sie liefen durch einen entzückenden Garten zum Haupthaus des Palastes von higoshi. Es war ein schlichtes einstöckiges Haus mit umlaufender Veranda, wie alle größeren Häuser in Yukokoshima. Dennoch war es ein besonderes Haus im Stile der alten Sini gebaut. Und wohl auch so alt. Die Holzsäulen, die das geschwungene Dach stützten, waren rot gestrichen. Vergoldete Drachen wanden sich drumherum und Sini-Köpfe säumten die Traufe. Grünglasierte Ziegel bedeckten das Dach und den First, dessen Giebelseiten in Drachendarstellungen ausliefen.

Sie betraten die Veranda. Wachen öffneten eine geschnitzte, zweiflüglige Schiebetür und gaben den Blick frei auf einen hell erleuchteten langen Saal. Seine Begleiter blieben an der Tür stehen. Mori betrat den Raum und blieb stehen.

Am Kopfende des Saales erwartete ihn Kawasake auf einem Podest. Mori straffte sich.

Mit erhobenem Haupt schritt er an der langen Reihe von Offizieren und Würdenträgern vorbei, die rechts und links des Ganges an niedrigen Tischen saßen. Sie neigten höflich die Köpfe vor Mori. Kawasake zeigte mit der Hand auf den rechten Platz neben sich. "Setzt Euch neben mich, Fürst Mori." Mori hockte sich auf die Fersen, richtete umständlich seinen Kimi und die Schwerter und versank in Unbeweglichkeit. Kawasake nickte zufrieden: "Fürst Mori von *Kitakasu*. Wir sind geehrt, Euch als unseren Gast begrüßen zu dürfen." Er verneigte sich leicht zu Mori, der den Gruß erwiderte. "Lasst uns essen und trinken." Er hob einen Becher: "Auf den Sieg!" Und leise lächelnd zu Mori: "Verzeiht, Mori-oiyii. Natürlich trinken wir auf den unsrigen."

Mori brummte in sich hinein. *Sollen sie doch trinken. Vorläufig lebe ich.* „Wie geht es meinen Soldaten?"

"Es geht ihnen gut. Sie haben ein Ehrenwort gegeben, nicht zu fliehen. Sie werden sich in eurem Haus aufhalten, wenn Ihr zurück seid."

Mori nickte und nippte aus seinem Becher. "Danke." Der Wein war wirklich vorzüglich, doch hatte er keine Lust auf den Sieg seines Feindes zu trinken.

"Wisst Ihr schon das Neueste, Fürst Mori?"

Hidoru Kawasake beugte sich böse lächelnd vor: "Euer Sohn. Er belagert uns immer noch. Er ist ein großer Schlachtenführer. Eure Truppen sind bis zum *Jakabe* vorgedrungen und bedrohen *Kimchak*."

So lautete der Befehl. Moriko hat nur getan, was ich nicht vollendet hatte. Was soll mein Sohn auch tun? Stolz erfüllte Moris Herz. *Was für ein Sohn! Ein würdiger Nachfolger.* Er richtete sich auf. "Er tut, was er tun muss. Ich bin stolz auf ihn."

"Das könnt Ihr auch, Mori. Denn er hat unsere Länder verheert, alles zerstört, was ihm unter die Finger gekommen ist. Habt Ihr nicht die Feuer gerochen, und das Blut? Das Geschrei der Ermordeten gehört, das Weinen der Weiber und der Jungen?" Kawasake war mit einem Mal sehr ernst geworden. "Ich weiß, dass Ihr Euch zu uns geflohen habt. Entweder in die Gefangenschaft oder um einen ehrenvollen Tod zu finden. Aber so einfach werde ich es Euch nicht machen."

"Ich habe …", begann Mori, doch Kawasake unterbrach ihn: "Ihr werdet bezahlen, Fürst Mori. Ihr seid mein Gast, ich habe es gesagt und ich werde Euch die nötige Ehre erweisen. Ich darf Euch nicht bestrafen, das wird meine Fürstin Hita Sabu tun. Vielleicht denkt sie milder als ich. Wie Euer Sohn für seine Taten bezahlen wird, weiß ich noch nicht." Kawasake richtete sich auf. Laut, so dass es bis in den letzten Winkel zu hören war, verkündete er: "Euren Sohn werde ich verfolgen. Er wird sich mir stellen müssen, und ich werde ihn töten, als Strafe für alle die Gräuel, die er getan hat. So wahr ich Hidoru Kawasake bin!" Er hob seinen Weinbecher in die Höhe. "Hita!" Und währen Mori ein eiskalter Schauer über den Rücken lief, fiel der ganze Saal in den Ruf ein.

AMARI

Nie in seinem kurzen Leben hätte er geglaubt, soviel Schmerzen ertragen zu müssen. Er wünschte, er wäre tot. Doch sein Folterer kannte keine Gnade. Immer, wenn er in eine wohltuende Ohnmacht fallen wollte, weckte er ihn auf. Wenn er einschlafen wollte, weil er so schrecklich müde war, weckte er ihn auf. Er hatte keine Stimme mehr, denn sein immerwährendes Schreien hatte seine Stimme getötet. Er konnte sich nicht bewegen, seine Arme waren nicht mehr vorhanden und jemand stach und drehte und schlitze an ihm herum. Immer an einer anderen Stelle und immer war dort der Schmerz am größten. Er hörte sich stöhnen, sein Mund war weit geöffnet, doch der erlösende Schrei des Schmerzes kam nicht mehr heraus, nur noch Sabber und Blut.

"Ich denke, das genügt", sagte die Stimme, von der er annahm, dass sie Taichi gehörte. Durch die Dämmerung seines kaum noch vorhandenen Bewusstseins hörte er sie, aber er verstand sie nicht, erkannte nicht ihren Sinn. Dass der Schmerz von einem spitzen in einen dumpfen übergegangen war, das spürte er noch, bevor er in Ohnmacht fiel, die wenig später in einen Dämmerzustand zwischen Schmerzen, Wachen, Schmerzen und Schlaf überging.

In seinen Schmerzträumen erlebte er noch einmal, wie er den hikoshu-sham tötete. Wie er in den Saal trat, die Schriftrolle in der linken Hand. Wie er Schritt um Schritt seinem Ziel näher kam. Der Blick des *hikoshu-sham*, der schon die Hand hob, um das Schreiben entgegenzunehmen, um es an Asamoto weiterzugeben. Er zog sein Messer aus einer Falte seiner Rüstung und schnitt mit einer blitzschnellen Bewegung die Kehle seines Opfers durch. Blut spritzte. Dann merkte er, dass es sein Blut war und sich Tomi Taichi über ihn beugte und da waren die Schmerzen. Wieder spürte er den Schlag, so mächtig und so unerwartet von links an den Hals, dass er nach

Luft schnappend hinstürzte. (Amari erwachte aus seinen Schmerzträumen und weinte jetzt). Dann sank er wieder in Ohnmacht. Alles begann von vorn; Er glaubte zu ersticken, war zu keiner Bewegung fähig. Und dann war Kamino über ihm. Der ihn festhielt, als wäre er in einen Schraubstock geraten. Er verlor sein Messer. Brutal riss man ihn auf die Beine, drehte die Arme auf den Rücken. Er sah sein Messer blitzen, das einer der Fürsten aufgehoben hatte, um es ihm in den Leib zu stoßen oder die Kehle durchzuschneiden. Doch der Ruf "Nein!" hallte durch die Halle. "Lasst ihn leben!", rief Tomi und stand Sekunden später vor Amari. Taichi starrte Amari an, und der Blick des tonoo ließ dem Attentäter das Blut in den Adern gerinnen (Und wieder weinte Amari. So hatte er es sich nicht vorgestellt).

Amari hatte mit dem Tod gerechnet. Er glaubte jetzt nicht mehr daran, lebend aus dem Saal und der Burg entkommen zu können. Hätte er den *hikoshu-sham* getötet, mit einem blitzschnellen Schnitt durch die Kehle, wäre es ihm – vielleicht – gelungen, die Verwirrung auszunutzen. Vor drei Tagen war er im Tempel gewesen und hatte einen ganzen Beutel Münzen den Geistern geopfert. Was hatte er falsch gemacht?

Sie führten ihn zu diesem alten Haus, das dicht

an der Mauer stand. Es war, wie die Mauer aus Steinen errichtet und besaß nur eine schmale massive Holztür. Man stieß ihn hinein. In den Wandhaltern brannten Fackeln. Sie beleuchteten einen gespenstisch leeren Raum. Amari bekam einen Stoß in den Rücken, dann stand er vor der einzigen Einrichtung; Eine aus Holzbalken schlicht gebaute sechseckige Konstruktion, die mit der Spitze auf dem gestampften Lehmboden stand. Mehr konnte er nicht erkennen. Die Wachen rissen ihm die Kleider vom Körper und schleppten ihn an den Armen zu dem Sechseck. Sie banden Hände und Füße mit Lederriemen an dem Gestell fest. Und dann drehte einer an einer Kurbel und die Seiten des Sechsecks begannen sich gleichmäßig voneinander zu entfernen, bis er mit weit ausgestreckten und abgespreizten Armen und Beinen straff in der Luft hing. Fackeln beleuchteten den Raum und die Vorrichtung, dessen Sinn er nun begriff. Seine Bewacher verschwanden schweigend, die Tür knallte zu und es wurde still um ihn. "Götter, bitte schickt mir einen schnellen Tod", betete er. Doch nichts geschah! Die Götter waren wieder einmal anderweitig beschäftigt.

Irgendwann wusste er nicht mehr, wie lange er schon hing. Seine Arme und Beine schmerzten und begannen, taub zu werden. Ihm fror, nicht nur vor Kälte, sondern auch vor Angst. Zum ersten Mal in seinem Leben verspürte er Angst, eiskalte, vernichtende Angst. Die hatte er bisher nur bei seinen Opfern gesehen und gefühlt, die Angst vor dem Tod. Und nun erging es ihm ebenso. Er schrak zusammen, als die Tür aufgerissen wurde und Tomi Taichi leibhaftig vor ihm stand. Taichi stellte nur eine Frage: "Bist du ein najano-ko?" Und als Amari nickte, zog der Fürst aus seinem Gürtel einen winzigen Dolch. "Dann wollen wir mal …", murmelte Taichi und begann. Und Amari schrie, weil der *hikoshu-sham* ihm Schmerzen zufügte, von denen er nicht glauben konnte, dass es sie überhaupt gab. Aber es gab sie.

In einer kurzen Pause zwischen der Folter wunderte sich Amari, warum der *hikoshu-sham* keine Fragen stellte, bis ihm auffiel, dass er sowieso nicht hätte antworten können. Er wusste nicht, wer der Auftraggeber des Attentats gewesen war. Und dann begann Tomi Taichi wieder von vorn. Und Amari schrie.

Amari war immer von der Überzeugung ausgegangen, dass er mutig, mit markigen Worten auf den Lippen, ins *Nirwaga*[16] übergehen und seine stolzen Vorfahren, alles najano-ko, treffen würde. Und dann nach langer Prüfung durch die

---

[16] Wahrscheinlich ist Nirwana gemeint.

guten kami käme er wieder zur Welt, als Adliger oder wenigstens mächtiger Krieger. Aber hier, in dieser Einsamkeit des langsamen Sterbens, kamen ihm Zweifel. Keiner seiner Vorfahren war ihm erschienen, nur rote Kreise vor den Augen, wenn er es nicht mehr aushielt. Und Explosionen in seinem Kopf, jedes Mal, wenn Taichi eine neue Stelle fand, um ihm irrsinnige Schmerzen zu bereiten.

Ein Guss eiskalten Wassers weckte ihn. Nur eine Fackel brannte noch und zeichnete gespenstische Figuren an die Wände. Mit Wasser verdünntes Blut lief ihm über die Augen. Als man ihn von der Konstruktion abschnitt, krachte er zu Boden und blieb liegen. Er hatte, glaubte Amari, keine Arme und Beine mehr. Aber als das Blut in seine Glieder zurückströmte, war es, als wenn er mit tausenden Nadeln gestochen würde. Er weinte und jammerte und bat um den Tod. Und eine grobe Stimme sagte: "Wirst du bekommen." Eine andere knurrte: "Wir werden Dich in kleine Stücke hacken und die Teile an Deine verräterische Bruderschaft senden. Als Mahnung, den Herrn der Herren in Zukunft nicht mehr zu belästigen."

Amari erkannte Taichis Stimme. *Nein, so wollte er nicht sterben!*

"Hör auf zu zappeln. Es wird Dir nichts

nutzen." Zwei Soldaten schleiften ihn an den Armen nach Draußen, dann einen langen Kiesweg entlang. Sie erstiegen die Mauer der Burg, zerrten Amari hinter sich her und warfen ihn auf die Brustwehr. Dann war da noch einer, der ihm einen Becher an die Lippen drückte. "Trink, verdammt noch mal."

"Was ist das?", flüsterte Amari.

Ein Gesicht kam näher. "Ein süßer Trank, der Dich am Leben erhalten und bei Bewusstsein halten wird, bis du ausgeblutet bist." Und Amari erschauderte ein letztes Mal. Dann zog einer sein Schwert.

So starb der Attentäter Amari von der Bruderschaft des dunklen Pfades; Allein, arm- und beinlos verblutete er bei vollem Bewusstsein am Fuße der Mauer der Festung Tomichi. Niemand hatte es gesehen, niemand nahm Notiz davon – nicht einmal die Götter. Nur die sechsbeinigen *inu*[17] und die fleischfressenden *uoshi*[18] kamen herangeschlichen und prüften schnüffelnd an dem Körper, ob noch Leben in ihm wäre, und warteten geduldig, bis dieses jammernde und greinende Ding, dessen Blut so süß roch, endlich still war und kalt.

---

[17] Hunde
[18] Käfer

"Ein Brief und ein Paket, Meister. An Euch persönlich."

"Von wem kommt es?"

"Von Seiner Gnaden, dem *Hikoshu-sham*. Tomi Taichi."

Der Meister wunderte sich. Er drehte das Schreiben des Herrn der Herren in den Händen, und als er das Päckchen auf seinem Arbeitstisch betrachtete, schwante ihm fürchterliches. Unentschlossen erbrach er das Siegel des tonoo.

"An Seine Ehren, dem Meister der najano-ko, Grüße!

Ich überreiche Euch von Demjenigen, der mich vor Kurzem aufsuchte, um Eure Weisungen zu erfüllen, einen Gegenstand der Erinnerung. Er stand mir nach seinem missglückten Besuch für ein paar Stunden zur Unterhaltung zur Verfügung. Leider war er nicht in der Lage, auf mich brennend interessierende Fragen, zu antworten. Doch diese Zeit genügte mir, um über das Verhältnis der Bruderschaft zu meiner Herrschaft nachzudenken. Ich bin der frohen Hoffnung, dass, nachdem Ihr das Päckchen geöffnet habt, der Inhalt Eure Überlegungen anregt, in Zukunft das Verhältnis zwischen uns unter einem anderen Stern zu betrachten. Ich bin gespannt auf Eure geschätzte Antwort (Nein, Ihr müsst nicht mit mir korrespondieren. Eure Taten werden es zeigen). Mögen sie mir und den guten Göttern gefallen.

Euer gnädigster Herr und Gebieter, Tomi Taichi, neunundachtzigster Hikoshu-sham."

Nein, er wollte den Inhalt nicht sehen! Er ahnte, was er in dem Päckchen finden würde. Es stellten sich ihm die Schuppen auf. Ihm genügten schon der einfache äußere Anschein und der strenge Geruch. Der Meister stützte den Kopf in die Hände. *Es muss etwas geschehen! Dieser arrogante Kerl! Notfalls werde ich mich selber darum kümmern! Auftrag war Auftrag! Denn das Gold haben wir eh schon eingenommen.*

"Ukusho! Bitte meine Brüder, in drei Tagen in den Tempel der Bruderschaft zu kommen. Sage ihnen, es sei wichtig!"

TAICHI

Das hikoshi-ugoki ging weiter, als wäre nichts gewesen. Die Fürsten hatten sich beruhigt und zuckten mit den Schultern. Mit dem Attentäter beschäftigte sich derweil der *hikoshu-sham* persönlich. Taichi wird dafür sorgen, dass von den

Vorgängen auch die *najano-ko* erfahren werden!

In Abwesenheit des tonoo besprachen die Herren die Situation in Yukokoshima. Insbesondere Asamoto versuchte Druck auszuüben und verlangte, dem sofortigen Einmarsch seiner Truppen in Sabus Land zuzustimmen. "Dieses Weibchen ist nicht in der Lage, einen Krieg zu führen! Wie sonst kann man erklären, dass sie bisher nichts unternommen hat?", rief er aus.

"Ihr wollt nur der Erste sein, der sich das Land dieses Mädchens unter den Nagel reißt!", warf ihm Fürst Hidaro Mikiri vor. Und fragte sich gleichzeitig, was seine beiden Spione eigentlich taten. Er hatte nichts mehr von Hoboke und Komo gehört, seit er sie fortgeschickt hatte und ärgerte sich.

Fürst Kasumi schwieg vielsagend. Er wusste, dass ihm inzwischen ein kleines Stück des Kuchens gehörte. Dank Tsakusi Morikori, dem Sohn seines *Daimyo*[19] Tsakuso Mori, der, wie ihm heimlich gemeldet wurde, beim Versuch der Erstürmung der Festung *higoshi* gefallen war. Pech für ihn. Mögen die Ahnen bei ihm sein. Und

---

[19] Daimyo, Damyu oder Daimio: Vasall eines der zwölf Fürstenhäuser, selber im Range eines Fürsten, Lehensnehmer des Herrschers der Hauptfamilie.

bei Ken'ichi, der sich in Schweigen hüllt oder vielleicht auch tot ist? Wer weiß? *Es scheint doch erwiesen, dass mein Sohn alles andere, als ein Krieger ist*, dachte er wütend. Doch dann zuckte er mit den Schultern. Es gab ja noch Hikoshoi, seinen dritten Sohn, den er allerdings in Verdacht hatte, Jiro, den zweiten Sohn auf dem Gewissen zu haben. *Nun ja*, dachte der Fürst, *ich bin ja nicht anders an die Macht gelangt.* Hikoshoi war bei der Ehrenwache dabei und ein wahrhaft gefährlicher Kämpfer und guter Kommandant.

Fürst Lagotchi Masakura von Nantou-Sini, sah Kamino vielsagend an. Beide wussten vom Einmarsch der Kasumi in den Süden Yukokoshimas. Und Masakura glaubte, sich ebenfalls ein Stück des reichen Yukokoshima genehmigen zu dürfen. Doch Kamino hatte ihn gewarnt. Er solle seine Fürstin nicht unterschätzen. Schließlich sei er militärisch, nun ja, ein wenig unterbemittelt. Die anderen Fürsten, glaubte Kamino, schienen weniger Interesse an einem Krieg zu haben. Nach einer langen Periode relativen Friedens, wollten sie einfach nur ihre Ruhe und nicht in einen großen Krieg hineingezogen werden. Die ständigen Kleinkriege der Daimios untereinander waren verheerend genug.

Ausgenommen vielleicht Nyoko Aiki von

Sagoshima. Kamino hatte erfahren, dass eine große Flotte der Nyoko auf dem Nordmeer unterwegs war, um durch die *Straße von Miyoka* und am Fjordland vorbei, genannt die "Krallen der Wasserdämonen", in das Westmeer zu fahren. Den Berichten der Spione zufolge, handelte es sich immerhin um vierzig Schiffe mit fünfzehntausend Kriegern an Bord. Befehlshaber soll Aikis Sohn, Chiyoko sein, von dem gesagt wird, dass er ein ausgezeichneter Admiral wäre. Kamino konnte nur hoffen, dass genug Stürme dort oben tobten, um die Flotte so lange aufzuhalten, bis sich die Lage beruhigt hatte. Er hatte einen Raben nach Fuko an Fürst Kamasu Higishi mit der Warnung vor der Flotte gesandt. Am Morgen überbrachte ein Rabe die Nachricht, dass Sabu, nach Tomichi unterwegs sei. Also konnte Kamino sich nur in Geduld wappnen und musste irgendwie Zeit schinden. Neuerdings war er Diplomat, eine Profession, von der er bisher noch nichts gewusst hatte und meinte, auch keine Ahnung davon zu haben.

Ein Glöckchen erklang. Alle Fürsten und ihre Berater nahmen schnell die Plätze ein. Der Hikoshu-sham war auf dem Weg zur Versammlung!

Die Schiebetüren zum Saal wurden heftig aufgerissen. Taichi kam nicht durch den üblichen

Eingang von hinten, den, den nur der tonoo benutzen durfte, sondern er stürmte an den Wachen vorbei durch den Haupteingang. Verwundert sahen die Fürsten Taichi an und vergaßen vor Verblüffung, sich zu verneigen. Vor seinem Podest blieb Taichi stehen. Nach einer Weile drehte er sich um und sah drohend in die Runde. Sein Kimi trug Schmutz- und Blutflecken und war an einigen Stellen angeschmuddelt. Stolz verkündete er, was die Fürsten von ihren Spionen eh schon wussten: "Der *najano-ko* ist tot! Und ich weiß, wer sein Auftraggeber ist." Das war geflunkert, doch Taichi weidete sich an den angstvollen Blicken der Fürsten. Habe ich's mir doch gedacht. Jeder würde mich gerne umbringen lassen, dachte er grimmig. Damit betrat er das Podest, hockte sich auf die Fersen und sah sich um. "Was ist?", fragte er in den Raum, "Macht weiter. Habt ihr Vorschläge? Ihr habt doch darüber geschwätzt, oder?" Taichi grinste breit. "Also, wie verfahren wir mit Yukokoshima und dem FEIND, von dem der Botschafter so blumenreich gesprochen hatte?"

Die Fürsten sahen verwirrt zu ihrem Herrn der Herren. Asamoto fing sich als erster, hüstelte gekünstelt und setzte zu einer Rede an.

"Mein tonoo! Wir meinen, dass wir sofort, das heißt ich und vielleicht Herr Nyoko Aiki mit unseren Truppen Sabus Land besetzten müssen. Natürlich, um den Frieden wieder herzustellen."

Taichi grinste breit. Genau das hatte er erwartet! Lächerlich! Jeder Aggressor kommt mit dem Argument, den Frieden zu erhalten. Asamoto will Yukokoshima, das reiche, fruchtbare. Und genau das musste er verhindern. Denn wenn Asamoto erst einen Fuß in Sabus Land gesetzt hatte, zogen die anderen nach. Ein Bürgerkrieg war dann nicht mehr zu verhindern. Aber das war ja seine Aufgabe! Er räusperte sich. "Es ist mein Wunsch …" An der Tür entstand Unruhe.

Alle reckten die Hälse. Schon wieder eine Unterbrechung! So etwas war noch nie vorgekommen! Jedenfalls nicht in den letzten zweihundert Jahren.

Wieder öffneten sich die Schiebetüren, und herein kam Sabu in voller Rüstung, sogar ihre Schwerter steckten noch im Gürtel. Sie machte drei Schritte und blieb stehen. Wie ein Krieger stand sie da, etwas breitbeinig, die Hände an den Griffen ihrer Schwerter. Und sie nahm sich die Zeit, jeden der Fürsten kalt anzusehen.

Als erster fasste sich Taichi. Er räusperte sich exaltiert. "Sabu! Welche Ehre! Wir hatten Euch vermisst, wisst Ihr?" Er machte große Augen. Vorwurfsvoll sagte er: "Aber in Rüstung und mit Waffen? Wisst Ihr denn nicht, dass es verboten ist, den Saal der weisesten Gedanken bewaffnet zu betreten?"

Inzwischen war Sabu bis zu ihrem Platz gegangen. Sie ignorierte Taichis Vorwurf. Sabu stemmte die Fäuste in die Seiten. "Ich bin hier, tonoo, um Beschwerde zu führen und um anzuklagen!", unterbrach sie Taichi ebenso unhöflich, wie er sie angeredet hatte.

"In voller Rüstung?" Taichi war aufgestanden. Er hob die Stimme. "Auch wenn Ihr unter einer besonderen Situation – nun, sagen wir – steht, gibt es Euch nicht das Recht gegen die Tradition zu verstoßen!" Sabu zog ihre Schwerter aus dem Gürtel und übergab sie Kamino. "Wenn Ihr so lieb sein wollt", flüsterte sie. Kamino reichte sie einem Diener. "Gebt sie dem Wachoffizier."

"Ich war in Eile und vergaß, meine Waffen abzulegen", sagte Sabu trocken.

"Nun gut." Taichi ließ sich wieder nieder. Nur nicht das Gesicht verlieren! "Bevor wir uns Eure Vorwürfe, äh, Worte anhören, offenbar wisst Ihr es noch nicht?" Taichi machte eine unbehagliche Bewegung. "Auf mich wurde ein Attentat verübt."

Sabu nahm Platz. In ihrer prächtigen Rüstung mit den Schwanenflügeln sah sie nicht nur sehr kriegerisch, sondern auch unglaublich verführerisch aus. Es trat eine Stille ein, die schwer auf den Anwesenden lastete. Kamino flüsterte leise mit Sabu, die ihn kaum ansah, sondern Taichi fixierte. Dann verneigte sich Sabu zeremoniell, aber nicht zu tief.

"Die guten Geister waren mit Euch, tonoo. Ich bin erfreut zu sehen, dass Euch nichts geschehen ist", sagte sie kalt und gleichgültig.

"Ja. Und das verdanke ich Eurem Botschafter Kamino, der wahrhaftig Geistesgegenwart gezeigt hatte", sagte Taichi. Kamino verneigte sich schlicht und schwieg. Und auch die gespannte Stille hielt an. Jeder erwartete noch irgendetwas und war gespannt, wie es zwischen Sabu und Taichi weitergehen würde.

"Dann können wir mit unserer Unterredung weitermachen, Sabu aus dem Hause Hita?" Taichis Stimme troff vor Gift und Galle.

Sabu nickte kurz. Ihre Augen blitzen vor verhaltener Wut ob der beleidigenden Anrede. Als wenn sie nur irgendeine heiratsfähige Tochter eines beliebigen kleinen Vasallen von Taichi wäre und zu allem, was gesagt wird, zu nicken hatte. *Na warte, Taichi, das zahle ich dir heim.*

Wieder gingen die Schiebetüren auf. Diesmal trat der wachhabende Offizier in den Raum. "Verzeiht, tonoo, eine Nachricht für die Fürstin von Yukokoshima", meldete er.

"Sind wir denn ein Postzelt, dass ständig unsere hohe Versammlung für irgendwelche

Nachrichten unterbrochen wird?" Unschlüssig blieb der Offizier an der Tür stehen, weshalb Kamino aufstand und die Nachricht entgegennahm. Er reichte sie Sabu, die das Siegel erbrach und den kurzen Text las.

"Nun?", fragte Taichi in das gespannte Schweigen der Versammlung.

In dem Moment stand Sabu auf. "Verzeiht, Taichi, achtundneunzigster und *letzter* Hikoshu-sham. Es scheint, dass Euch noch nicht bewusst ist, dass Eure Zeit abgelaufen ist. Ihr seid Eurer Aufgabe nicht mehr gewachsen. Ich werde diese Versammlung verlassen, um mich um mein Land zu kümmern. Es herrscht Krieg in Sini. Mein Land wurde nochmals überfallen." Sie zeigte dabei auf Fürst Kasumi. "Fürst Kasumi wird es Euch wohl erklären müssen." Sie drehte sich um und ging aus dem Saal, ohne sich umzudrehen. Und in dem verblüfften Schweigen standen wie auf ein Zeichen mehrere Fürsten des Südens und des Nordens auf, und folgten ihr. Und hinterließen einen sprach- und fassungslosen Hikoshu-sham. Nur Asamoto blieb gelassen sitzen und schmunzelte still in sich hinein. *Es ist geschafft*, dachte er.

AKEMI

Den Brief übergab ihr Chiyoko am späten Abend. "Hier. Unser hoher Vater muss davon nichts wissen."

Akemi sah ihren Zwillingsbruder erstaunt an. Seit sie erwachsen waren, war er doch eher abweisend und herablassend zu ihr. Und jetzt schien es, als wenn er sich mit ihr verbrüdern wollte (Sie liebte ihren Bruder immer noch, wie eine Schwester ihren Bruder lieben konnte). Vorsichtig und Chiyoko argwöhnisch betrachtend nahm sie die Schriftrolle entgegen und drehte sie unschlüssig in der Hand. "Mach schon auf. Er kommt von meinem Spion in Tomi und ist direkt an Dich adressiert."

Wieso direkt an mich? Seltsam! Und von Chiyokos Spion? "Wieso schickt er eine Depeche an mich?" Akemis Zwillingsbruder zuckte mit den Schultern. "Was weiß ich? Er ist einer der Besten. Er wird wissen, was er tut", meinte Chiyoko leichthin. Dennoch blitzte etwas wie Eifersucht in seinen Augen.

Erstaunlich, dass er nicht nachgesehen hat. Sie brach das Siegel auf und rollte das dünne

Pergament vorsichtig auf. Mit den Augen überflog sie schnell den kurzen Text und erschrak. *Bitte nicht!*

"Und?", fragte Chiyoko.

"*An Nyoko Akemi, Tochter des großen Nyoko Aiki, Fürst von Sagoshima, Grüße!*," las Akemi mit leiser Stimme, "*Mir ist zu Ohren gekommen, dass die sehr ehrenwerte Mutter seiner Gnaden, Tomi Taichi, die Absicht hat, Euren Vater um Eure Hand zu bitten.*" Akemi schnaufte durch die Nase. Sie rollte die Nachricht sachte zusammen.

"Und?"

"Hast Du nicht zugehört?"

"Habe ich. Was weiter? Was hat er noch geschrieben?"

"Das übliche Geschmuse." Akemi sackte in sich zusammen.

Chiyoko wollte seine Schwester trösten. "Wir wissen doch, dass eine Heirat zwischen Dir und dem *hikoshu-sham* seit unserer Geburt vorgesehen war. Also, was soll sein?"

"Nicht Taichi! Er ist ein Brudermörder!", fauchte Akemi, "Und ein Widerling! Er ist brutal, faul und dumm!"

"Du kannst nichts dagegen tun. Wenn unser hoher Vater zustimmt, musst Du ihn heiraten." Chiyoko stand auf und lief schräg durch Akemis Zimmer. Er sah sich um. Schon immer hatte ihm

Akemis Geschmack gefallen. Der Raum war schlicht eingerichtet. Durch die großen Fenster sah man über die schmale Veranda, die das gesamte fürstliche Haus umgab, auf den besten Teil des Gartens. Das kostbare, nahezu makellose Glas für die Scheiben stammte aus Akaya. An den weißgestrichenen Wänden hingen Aquarelle der größten Meister aus Sagoshima, Kasumi und Shitashima. In der Mitte des Raumes lag ein einfacher Tami aus Bambus, der mit dunkelrotem Filz belegt war. Ein niedriges Tischchen aus edelsten Hölzern, in dessen Platte Intarsien aus Elfenbein und Eisenholz eingearbeitet waren, stand in der Mitte des Tami. Rundherum lagen Kissen aus feinstem Leinen und aus Seide. In den beiden identischen shoki, wie der Tisch mit kostbaren Intarsien belegt, sammelte Akemi ihre Bücher und Schriftrollen. Es waren Bücher des Wissens, erlesene Handschriften und uralten Schriftrollen aus der Zeit der alten Sini. Sie besaß die seltensten Sagen und Heldengeschichten aus Sini und der jüngeren Zeit. Aber nun saß Akemi an dem Tischchen und drehte die Nachricht des Spions nachdenklich in den Händen.

„Er scheint Dich zu mögen. Erinnerst Du Dich an die letzte Begegnung mit ihm?"

Akemi erschauderte. Ja, sie erinnerte sich. Als sie ihn zu Boden geworfen hatte, hielt er sie fest und berührte sie unsittlich am Hintern, wobei er sie fest an seinen Unterleib drückte.

„Ich erinnere mich." Akemi stellten sich die Rückenschuppen auf.

„Und?"

"Ich *werde* diesen geilen Sippenmörder nicht heiraten." Akemi hatte es nur geflüstert, doch Chiyoko verstand jedes Wort.

"Was kannst Du schon dagegen tun?"

"Ich werde etwas dagegen tun", sagte Akemi in einem Ton, dass sich diesmal Chiyoko Schuppen auf dem Rücken aufrichteten.

"Mach keine Dummheiten, Schwester. Ich muss morgen in aller Frühe wieder zu meiner Flotte. Sie hängt irgendwo bei der *shihi*-Bucht in einem Sturm fest." Er wollte zu Akemi gehen, als es an der Tür klopfte. Unwillig, wegen der Störung, schob Chiyoko die Tür auf. Draußen hockte ein saru, der den Kopf auf den Boden presste. "Verzeiht die Störung, Herr, aber Euer hoher Vater ruft nach Euch. Ihr sollt unverzüglich bei ihm erscheinen."

Chiyoko sah den Sklaven erstaunt an. "Seine Gnaden befinden sich hier, Herr. Er wünscht, Euch zu sprechen."

Chiyoko wunderte sich. Während des *hikoshu-ugoku*? Was ist passiert? Was hatte seinen Vater veranlasst, die Versammlung zu verlassen? Oder war sie bereits nach so kurzer Zeit beendet? Die Heirat mit Taichi ist doch allemal nicht SO wichtig! "Sag ihm, ich komme sofort. Ich muss mir nur noch etwas … ach was, sag ihm nur, ich gehorche." Der Sklave lief erleichtert davon, die Nachricht zu überbringen. Chiyoko schob die Tür wieder zu. "Die gute Nachricht scheint eingetroffen zu sein", brummte er und dachte an seine Flotte. "Schwesterchen-oiiya. Ich werde versuchen, diesen Heiratsplan unserem hohen Vater auszureden. Wünsch' mir Glück." Er seufzte und verschwand aus dem Raum und hinterließ einen herben Duft nach Blumen und Erde, seinem Lieblingsparfüm aus Yukokoshima das Akemi so mochte.

Die Sonne war auf Mittag gestiegen. Jedenfalls zeigte das Stundenglas auf dem shoki die zehnte Stunde des Tages. Akemi erschrak. Seit mehr als zwei Stunden hatte sie sich nicht von der Stelle gerührt und nur über Mittel und Wege nachgedacht, aus dieser unangenehmen und vor allem ungewollten Situation herauszukommen. Sie war Kriegerin wie ihr Bruder und kein verwöhntes Fürstenhofweibchen, dass nur irgendwie eine günstige und möglichst reiche Heirat eingehen wollte. Ihrer Vorstellungen von der Zukunft stammten aus den Büchern, die ihr ihre Kammerzofe Risitami beschafft hatte;

Bücher über Heldentaten, Rittertum, Ehre und Wahrhaftigkeit. Kriegerinnen und Krieger. Daher mochte sie die Welt der Krieger und der Kriegerinnen, die in den alten Sini-Sagas eine wichtige Rolle spielten. So hatte sie die Zeit in der Sonnenstadt genutzt, nicht nur um sich viel Wissen anzueignen, wie es sich für fürstliche Dragunas gehörte, sondern um vor allem Kampftechniken mit der Hand und kurzen Waffen zu erlernen. Sie wollte eine der Heldinnen aus der langen Geschichte Sinis werden und kein in ein Zimmer eingesperrtes eierlegendes Dragunaweibchen, dass sich seinem Gemahl zu unterwerfen hatte. Niemals! Sie war fürstlichen Geblüts und keine Sklavin!

In der Sonnenstadt kannte sie nur eine Freundin: Sabu von Yukokoshima, die ebensolche Ansichten vertrat. Sie übten sich im *chikai-daito*, beide träumten sie von einem Leben als Kriegerin, und wussten doch, dass andere Wege für sie vorgesehen waren. Sabu würde eine ‚*on'nanno o'nyoko-dayki*‘, eine Dame der Sonnengöttin werden, und sie, Akemi, Frau eines Fürstensohnes aus politischen Gründen. Aber beide träumten etwas anderes, beide wollten ihrer vorausgeplanten Zukunft entgehen. Nur wie, wussten beide nicht.

Akemi war aufgestanden. Ihr hoher Vater und

die männlichen Verwandten berieten bestimmt über ihre Heirat mit Tomi Taichi. In wenigen Sekunden war ihre bisher sichere, stille Welt voller Geschichten, Märchen und Heldensagen in sich zusammengebrochen. Akemi schob eines der großen Fenster zur Seite und trat auf die Veranda hinaus. Sie atmete tief ein und aus, Tränen stiegen in ihre Augen. Sie ließ es geschehen. Und wie auf Bestellung zogen im Westen dunkle Wolken auf. Akemi wusste, wie die Beratung ausgehen wird. Sie musste Taichi heiraten. Es war kein Wunsch Taichis als Dragun, es war ein Befehl des *hikoshusham*. Dem musste ihr Vater nachkommen, selbst wenn er damit nicht einverstanden war. Und nach und nach entstand in Akemi ein Plan. Sie musste sich nur noch entscheiden, ihn wirklich auszuführen.

"Setz Dich zu mir", Aiki klopfte mit der Hand auf das Kissen links neben sich. Chiyoko war nicht dazu gekommen, sich tief und respektvoll vor seinem Vater zu verneigen. Also zuckte er mit den Schultern und ging zu der angewiesenen Stelle. "Es ist etwas geschehen, Sohn, dass alles, was wir kennen und erhalten wollen, auf den Kopf stellt."

"Vater?", fragte Chiyoko, nachdem er Platz genommen hatte. Es ging also nicht um Akemi.

Aber was war passiert, dass sein Vater den hikoshi-ugoki verlassen hatte?

"Es hat einen ungeheuren Affront gegen Tomi Taichi gegeben!"

Chiyoko musste grinsen. Was auch immer mit Taichi gewesen war, nach Chiyokos Ansicht hatte der aufgeblasene Laffe es verdient.

"Du weißt, dass Sabu, die Tochter Kenshooris von Hita, nunmehr Fürstin von Yukokoshima ist?" Chiyoko schüttelte ungläubig den Kopf. Er war wochenlang auf See gewesen. Sein gegenwärtiger kurzer Aufenthalt galt der Erholung von dem dauernden Geschaukel auf dem Schiff und den widerlichen Stürmen des nördlichen Meeres. Die Flotte ruhte solange in einer ruhigen Bucht oberhalb der Hoffnungsbucht. Was seit seiner Abreise in den Norden geschehen war, davon hatte er nur bruchstückweise gehört. Es gab Gerüchte und Chiyoko legte wenig Wert auf solche Geschichten. Er schwieg und sah seinen Vater interessiert an.

Aiki holte tief Luft und erzählte seinem Sohn, was mit Yukokoshima und auf dem hikoshu-ugoku vorgefallen war. "Und stell Dir vor", rief der Fürst, "da besitzt diese Person die Frechheit, dem Hikoshu-sham zu drohen und ihm zu sagen, dass er ausgedient habe!"

"Hat er das nicht schon lange, mein hoher Vater?"

Erst sah Aiki seinen Sohn konsterniert an, dann verstand er. "Eigentlich hast Du Recht. Der Posten sollte uns zustehen …"

"Das meine ich nicht, Vater. Es ist Zeit für Veränderungen. Wir leben in einer Zeit, die in ihren Riten und Traditionen gefangen ist. Sie stagniert, nichts entwickelt sich."

Aiki sah Chiyoko mit schräggelegtem Kopf an. "Du willst doch nicht sagen, dass wir -" Er stockte, wusste nicht was er sagen sollte. Hatten seine Berater und Chiyoko recht damit, dass sich etwas in ihrer Gesellschaft verändern musste? Und war Hita Sabu das Zeichen?

"Wer oder was ist dieser FEIND, Vater?"

"Es soll ein Zauberer aus dem Osten sein, aus Higashima."

"Ich möchte mit Sabu sprechen. Ich muss wissen, wer sie ist."

"Oh, sie ist schön", rief Aiki begeistert aus, mehr als er wollte, "und sehr gebildet und schlau!" Er hustete. "Und sie hat sich diese Unsterblichen in ihr Land geholt. Dann noch sarus als Berater! Unglaublich! Alle fressen ihr aus der Hand!"

Chiyoko schmunzelte über den Ausbruch seines Vaters. So kannte er ihn nicht. Eher überlegt und zurückhaltend mit seinen Gefühlen und Einschätzungen. Hatte Sabu auch ihn um den Finger gewickelt?

"Nein, nicht, was Du denkst, Sohn", sagte Aiki, als wenn er Chiyokos Gedanken gelesen hätte, "Ich bin zu alt für Eskapaden. Aber sie ist schon außergewöhnlich." Er schnalzte mit der Zunge. „Dennoch. Wir müssen handeln."

"Die Flotte übernimmt Admiral Higashi. Ich werde ihm befehlen, sie um die Vulkaninsel zu führen und südlich davon bis auf Weiteres zu warten." Chiyoko stand auf. "Indessen werde ich nach Hita reisen und mit Sabu sprechen", sagte Chiyoko bestimmt. „Wir müssen mehr wissen als alle anderen. Und das können wir nur, wenn wir uns an Ort und Stelle informieren."

Nyoko Aiki nickte. *Das ist mein Sohn!* "Willst Du nicht erst einen Boten schicken?" Aiki war vollkommen einverstanden. Nur die Form musste gewahrt bleiben.

"Das ist richtig. Ich werde mit kleiner Begleitung reisen. Ohne Pomp und Aufwand." Er grinste breit. "Ist es nicht so, dass neue Zeiten beginnen, Vater?" Er wollte gehen, als ihm etwas einfiel. "Was ist mit Akemi? Willst Du sie noch immer mit Tomi Taichi verheiraten?"

"Warten wir es ab. Verschaff mir etwas Zeit, mein Sohn."

DURON

Der Rabe mit der Warnung an Sabu war kaum abgeflogen, als auch schon das feindliche Heer an der Grenze des toten Landes, so nannten die Hitaer das verbrannte Gebiet, eintraf und stoppte. Komo sprang auf seinen Drachen und flog auf Erkundung. Er sah die Flaggen des Fürsten von Hidaro-Higishi und die seiner Vasallen. Aus den Reihen des Feindes stiegen Drachen auf, doch es gelang ihm, schnell noch die ungefähre Anzahl der feindlichen Truppen zu ermitteln.

"Fünftausend nur?" Duron blickte auf Komo herab. "Das wird ein Kinderspiel."

"Ihr wollt mich auf den Arm nehmen, Duron!"

"Nein, schickt einen Raben zu meinen Leuten. Es wird Zeit, dass wir Verstärkung herbeischaffen." Er übergab Komo eine Kartusche. "Und jetzt werden denen da drüben mal zeigen, wer der Herr, respektive die Herrin in Yukokoshima ist." Er steckte zwei Finger in den Mund und entlockte ihm einen grellen Pfiff, dass Komo zusammenzuckte. "Inzwischen besetzen wir die Mauern. Ich habe da etwas vorbereiten lassen." Duron grinste diabolisch. "Seht, Komo."

Die schwarzen Krieger aus dem Osten liefen mit Paketen auf dem Rücken oder unter dem Arm zu den Mauern. In Blitzeschnelle standen Krieger hinter den Zinnen, die bedrohlich auf die Formation des Feindes zeigten.

"Was ist das denn?"

"Nun, Komo-oiyii, ich hatte mit einem Angriff gerechnet. Deshalb mussten meine Leute aus überzähligen Rüstungsteilen", Duron grinste über das ganze Gesicht, "bestehend aus Besen, Harken, alten Stoffen und Küchengeräten Krieger bauen, wisst ihr."

"Raffiniert. So täuschen wir eine größere Besatzung vor, als der Feind glaubt."

"Richtig."

"Dann mögen uns die Götter beistehen und dass der Schwindel nicht gleich auffliegt." Er wandte sich zur Treppe. "Ich kümmere mich um den Raben", und verschwand. Nur Duron sah mit zusammengekniffenen Augen auf die feindliche Front. Dreihundert gegen fünftausend, das ist kein gutes Verhältnis, und kann nur gutgehen, wenn der Gegner auf meinen Schwindel hereinfällt. Er seufzte, gab sich einen Moment der Hoffnungslosigkeit hin. Dann kreuzte er die Arme vor der mächtigen Brust. "Wir werden euch zeigen, was es heißt, sich mit den Unsterblichen anzulegen." Und nun erschien ein breites Grinsen auf seinem Gesicht.

"Ihr seht zufrieden aus?"

Duron schnellte herum. Sabu! "Herrin?" Er ging vor ihr auf ein Knie und legte dabei die rechte Hand auf seine Brust.

"Ist es die Anzahl unserer Feinde, die Euch zufrieden macht? Mir macht sie Angst."

"Ihr müsst Euch nicht fürchten, meine Fürstin. Lasst sie ruhig Aufstellung nehmen. Lasst sie sich einrichten und ein bequemes Lager aufschlagen …"

"Ich sehe nur eine dunkle Linie, Duron, die in der Luft flimmert und sich hin und her bewegt."

"Meine Augen sind schärfer als die Euren. Deshalb erkenne ich mehr Einzelheiten. Sie wagen sich nicht über das Tote Land. Es scheint ihnen unheimlich zu sein. Soll es so bleiben! Möglichst lange. Und seht", er zeigte auf die Mitte des Heerhaufens, "Wie schön klassisch ihre Aufstellung ist! Wir werden Ihnen einen Besuch abstatten. Heute Nacht. Ich möchte nicht, dass sie sich auch nur auf Steinwurfnähe an unsere Mauern heranwagen ."

"Wenn Ihr das schafft, Duron, mache ich Euch zum Heerführer des Nordens."

Duron verneigte sich wieder.

Jahre später nannte man sie "Die Nächte der Dämonen". Kaum war die Dunkelheit eingetreten, erschienen vor den Linien des Heeres des Fürsten Hidaro-Higishis unheimliche blaue Lichter. Die Krieger bereiteten sich auf einen Kampf vor, doch es schien nur ein kalter Wind zu sein. Die, die vorne standen, fielen auf die Knie und riefen die kami der Vorfahren um Hilfe oder baten um guten Rat. Doch nicht die guten kami halfen ihnen, sondern eine Wand aus riesigen finsteren Dämonen kam donnernd über sie. Das Donnern der schweren dämonischen Reittiere und die grellen Schreie der Reiter waren schrecklich anzuhören, und die blauen Lichter schienen die Augen der Dämonen zu sein. Sie erschlugen die Knieenden, und trampelten die dahinter standen, bewegungslos vor Überraschung und Angst, einfach nieder. Dann waren die Dämonen polternd und lachend verschwunden, und erschienen an anderer Stelle wieder. So ging es die ganze Nacht. Die Kämpfer Hidaro-Higishis versuchten im Schein der Fackeln die unheimlichen Geister zu erkennen, doch es waren nur schwarze Schemen mit mächtigen blitzenden Schwertern, gefährlichen Lanzen, Keulen und Schlachtbeilen, deren gelbe Augen sie anblitzten. Die Krieger fielen auf die Knie vor Angst und Aberglaube, und ließen sich widerstandslos töten.

Am nächsten Morgen war der Spuk vorbei. Über fünfhundert Tote lagen, meist kopflos, in ihrem Blut, tausende Krieger waren verletzt.

Fürst Hidaro-Higishi tobte. "Blödsinn", grollte er seine Offiziere an, "Dämonen sind was für Kinder und kleine Geister. Sorgt dafür, dass uns der Spuk heute Nacht nicht wieder belästigt!" Doch er sollte sich irren. Drei Tage lang, nach der Dämmerung, mitten in der Nacht oder kurz vor Sonnenaufgang kamen die unheimlichen, dämonischen Reiter und schlugen erbarmungslos zu.

* * *

Nächstes Buch: DRAKENLAND,
Die neue Kaiserin ,Teil 3, TABUBRUCH

ANHANG

Die Fürstentümer und Provinzen (Daimiate) von Sini

Kaitoshima – Land am Meer – Schlange auf gelbem Grund
Hauptstadt: Kaitori
Fürst Amaya Tamori

Präfektur Kaitori   - Fürst und Präfekt Amaya Mori
Provinz Amamati   - Daimio Yago Ini
Provinz Nibu   - Daimio Llayi Yagi

Nishi-Shima – Land im Westen – Fisch auf hellblauen Grund
Hauptstadt: Norokami (Guter Geist)
Fürstin Norikami Harada

Präfektur Norokami – Fürst Ngoto
Provinz Ashaiy (Aufgehende Sonne)
- Daimio Itsuko
Provinz Ryo   - Daimio Fugishi
Provinz Hiroki   - Daimio Hirohito
Provinz Hiru   - Daimio Yabon
Provinz Suzukyii   - Daimio Suzuki
Provinz Hikoku   - Yumiko Onemichi

Sagoshima – Das große Land – Schwarze Muschel auf grauen Grund

Hauptstadt: Nyoko-hishi
Fürst Nyoko Aiki

Präfektur Nyoko-Sagoshima: Nyoko Chiyoko
Präfektur Sadmikami: Nyoko Suzume

Provinz Saka-tooi	- Daimio Anagumo
Provinz Tenshishima	- Daimio Nyoko- Yataka (Vetter) (Land der Vorfahren)[20]
Provinz Shimouki	- Daimio Dmomo
Provinz Sadmikami	- Daimio Chika-Ra
Präfektur Matobo[21]	- Fürst Za
Präfektur Hebiyi[22]	- Fürst Jakobe

Ryoshima – Das kühle Land – Ying/Yang auf rotem
Grund
Hauptstadt: Tomi, Sitz des Hikoshu-Sham
Fürst Tomi Taichi

Provinz Ude (Arm)	- Daimio Tomi Hato
Provinz Tomichi	- Daimio Tomi Kanizo
Provinz Ebi (Topfbucht)	- Daimio Tomi Tyo

Shoushima-Sini – Hochland von Sini – Käfer auf
goldenem Grund

Hauptstadt u. Präfektur: Hikoku
Fürst Hikoku Gotubi Katsuo
Hikoku Asamoto, ehemals Fürst von S., von Sabu verbannt

---

[20] Tenshishima soll der Ort gewesen sein, an dem die ‚Alten' Sini vor
Tausenden von Jahren aus der ‚Anderen Welt' landeten)
[21] Matobo, auch Matobo-sani. Hier befindet sich der Bushidi-Tempel
(Siehe Anhang)
[22] Direkt auf der Grenze zu Nishi-Shima steht der Tempel der
Siebenhundert Schlangen. Neutrales Gebiet (ca. 20 ha), das als
sakrosankt gilt.

Provinz Domokaori	- Daimio Hikoku-chibi Amasú
Provinz Sago-shima	- Präfekt Gotubi Katsuo
Provinz Tani-kiiroi	- Daimio Hikoku-chibi Nezzomi
Provinz Fumokou	- Daimio Hikoku Esoderu

Yukokoshima – Eisdrache – Silberdrachen auf grünem Grund

Hauptstadt: Hita (vor der Zerstörung)
                Hita-Shikij – Neu Hita
Fürstin Hita Sabu, Tochter des Kenshoori

Provinz Hita	- Daimio Erigano Yolo
Provinz Fuko	- Daimio Rakio Shaboke ✝

(Nachfolger noch offen)
Provinz Somo	- Daimio Kooku Hagoshi
Provinz Kuta	- Daimio Kamasu Higishi
Provinz Kushu-Gi	- Daimio Masaru Ruuyiko
Provinz Kajabe	- Fürst Ishi Maki
Provinz Shoshu	- Daimio Ryoichi Lokimou
Provinz Kimshak	- Kohaku Wakimo
Provinz Skibetsu	- Daimio Watabe Dakimoshi

↰ *Yanging* - Fürst Higoru Mokushi

Minoru – Furcht   - Drei Sterne (Sternbild Dämon)
Silber auf schwarz

Hauptstadt: Kobo
Fürst Hidaro-Higishi Mikiri, gerufen Higishi
Heerführer des Fürsten, Llasha Osako

Provinz Fünf-Finger-Land
                -Die Unsterblichen[23]
Provinz Kobo   - Daimio Kayabi
Provinz Sono   - Daimio Kakomi Yamate
                - Kakomi Yamo (Erster Sohn)
- Heerführer Shosako von Sono
Provinz Minami - Daimio Naoki
Provinz Kita   - Daimio Katashi

Akaya – Regenland – Spinnennetz aus weißem Grund

Hauptstadt: Akaya-Sari
Fürst Akaya Sari III.

Keine Provinzen, keine Daimios
Senzo-rai-Tempel

Kasumi – Grüner Drache – Goldenes Blatt auf grünem Grund

Hauptstadt: Tsubasa-aku
Fürst Kasumi Yomotabe

Provinz Kita-kasu   - Daimio Tsakusi Mori
                    Erbe: Sohn Tsakusi Morikori
Provinz Natsuki - Daimio Kawasake Hige (Der Bärtige)
Provinz Negisha'o'narna – Daimio Kaminaro Uzo
Provinz Kai   - Daimio Nebuka Soro

---

[23] Higishi musste auf Befehl der letzten Kaiserin das Fünf-Finger-Land an die ‚*Unsterblichen* abgeben'. Der damalige Daimio Uhura Hagamoto beging daraufhin mit seiner gesamten Familie Selbstmord. Die Bewohner des Fünf-Finger-Landes (etwa zehntausend Dragune) verteilten sich auf das restlichen Minoru und wurde teilweise entschädigt.

Nantou-Sini – Südosten – Aufgehende Sonne auf weißem Grund

Hauptstadt: Lhagotshi
Fürst Lhagotshi Masakura

Provinz keine
Shitashima – Das Land unten - Gelber Mond auf schwarzem Grund

Hauptstadt: Nanto-otu
Fürst Nantou Herochi

Keine Provinzen
Daikishima – Das leuchtende Land – Silberstern auf dunkelgrünem Grund

Hauptstadt: Daiki
Fürst Daiki Otuu

Provinz Hono	- Daimio Zumizi
Eridani	
Provinz Okà	- Daimio Kawa Eridani
Provinz Fumo	- Fürst Sango Kokgo
Provinz Arashi	- Daimio Suna Yukata
Provinz Nagatami	- Daimio Eda Yasuo

Namen, Begriffe

Burg Niki	- Burg der Stadt Somo,
Chikai-daito	- Handkämpfer, waffenlose Kampftechnik
Drac	- Ritter, berittener Krieger,
Gruul	- Eine nekromante Züchtung des HERRN aus

Krull, Dragun und Mensch

Hikoshi-oiyii   - Die ehrenwerten Gerechten. Gemeint sind die Herren der zwölf Familien in Sini,

hikoshi-ogoku   - Rat des Hikoshu-sham

-igoki   - Familie, z.B. Hita-igoki,

Hikoshimat   - Herrschaft eines Hikoshu-shams

Hita-shikij   - Neu-Hita (auch Hita-shiroi)

nii-onee-shama   - die zweite Priorin des Klosters, nii-onee-sham
    – Zweiter Prior,

mayoo   - Weise Frau, Zauberin

mino-ruii   - Furchtlose

Hido-ko   - Pfau,

Higashima   - Land im Osten, Land der Glatthäutigen, gemeint ist Geadir

higashi-ono-imiya - Higashima heimholen, Heimholer

Higashimas (Higashima – [Iga'shim'á]) Geheimbund der Söhne/Töchter verschiedener Familien

Hikokugebirge   -Grenzgebirge zwischen Yukokoshima und Shoushima,

Inou   - sechsbeinige Ziege,

Joseyji   - Dame der Weidenruten – Unterhalterin, manchmal auch Prostituierte,

Kano-i'iyo   - Heilige Stele oder Gegenstand. Hort der Seelen der Vorfahren und guten Geister,

Kasumoyi-Berg   -Tafelberg, Hort des Wassergottes. So genannt, wegen eines dreihundert Schritte hohen Wasserfalles,

Ogi-Giita   - die viersaitige Laute

Katani   - Langschwert,

Katimi   - Kurzschwert, Dolch

Kimi   - Alltags- und Festkleidung der Dragune und Dragunas, getragen wie ein Kimono, jedoch mit schmalem Gürtel,

Mayoo   - Hexe

meharr   - Unwürdige, so bezeichnet der schwarze Magier die Sini,

mino-ruii - Furchtlos, Kriegerinnen des Sonnentempels,

nyoki-daiki   - Sonnengöttin,

on'nanno o'nyoko-dayki

	- Dame/Schwester der Sonnengöttin
Reii-onee-shama	Priorin eines Klosters, Reii-onee-shamo
	– Prior,

Ryuu-ooi oder ryuu-oiyi- Drachenreiter,

ryuu-meirii	- Führer einer Gruppe von vier bis zehn
Drachenreitern,	
Romoror	- Kommunikationsgerät,
roobai	- sechsbeiniger Hirsch
shoki	- niedriges Schränkchen,
Shiroi-hita	- Neu Hita
Sini	- Mensch, das Volk - in der Ursprache der
Sini,	
Sini-i	-Die starken Sini, Das starke Volk, so
nannten sich die ersten Dragune, nach der	
Vertreibung,	
Sembuke-ki	- ritueller Selbstmord mit dem Kurzschwert,

Tempel der siebenhundert Schlangen - Urtempel der Dragune,
Begräbnisstätte der Ur-Sini,

Uziadoo (sinisch)	- Zauberer
Yukokoshima	- Land in der Mitte, beherrscht von der
Familie Hita,	

Wichtige Orte

Kap Akayama-kiboo	- südwestlichste Ausbuchtung des
	Kontinents Sini
Nagatami -	wichtigster Hafen von Daikishima

KARTE VON SÜDERLAND

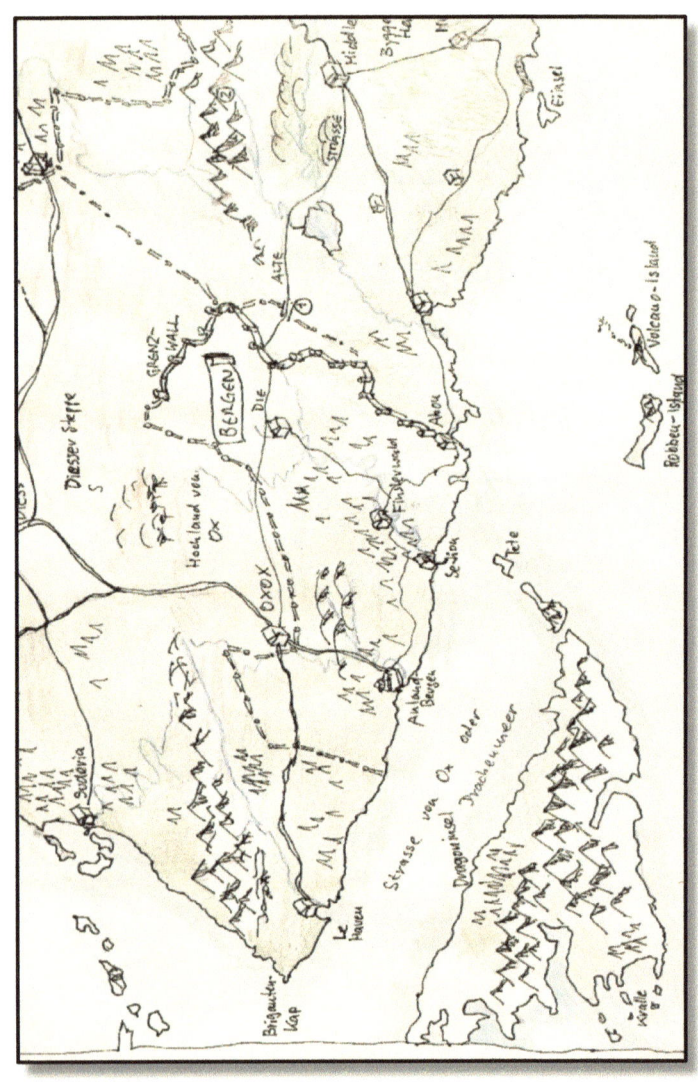